DOGGY BAG

DU MÊME AUTEUR

Aux Éditions Bernard Barrault

50 CONTRE 1, *histoires*, 1981.
BLEU COMME L'ENFER, *roman*, 1983.
ZONE ÉROGÈNE, *roman*, 1984.
37,2 ° LE MATIN, *roman*, 1985.
MAUDIT MANÈGE, *roman*, 1986.
ÉCHINE, *roman*, 1986.
CROCODILES, *histoires*, 1989.
LENT DEHORS, *roman*, 1991 *(repris en « Folio »* n° 2437*).*

Aux Éditions Gallimard

LORSQUE LOU, 1992. *Illustrations de Miles Hyman* (« Futuropolis »).
SOTOS, *roman*, 1993 (« Folio » n° 2708).
ASSASSINS, *roman*, 1994 (« Folio » n° 2845).
CRIMINELS, *roman*, 1996 (« Folio » n° 3135).
SAINTE-BOB, *roman*, 1998 (« Folio » n° 3324).
VERS CHEZ LES BLANCS, *roman*, 2000 (« Folio » n° 3574).
ÇA C'EST UN BAISER, *roman*, 2002 (« Folio » n° 4027).
FRICTIONS, *roman*, 2003 (« Folio » n° 4178).
IMPURETÉS, *roman*, 2005.

Aux Éditions Julliard

ARDOISE, 2002.

DOGGY BAG, *saison 1*, 2005.
DOGGY BAG, *saison 2*, 2006.
DOGGY BAG, *saison 3*, 2006.
DOGGY BAG, *saison 4*, 2007.
DOGGY BAG, *saison 6*, à paraître en 2008.

Chez d'autres éditeurs

BRAM VAN VELDE, Éditions Flohic, 1993.
ENTRE NOUS SOIT DIT : CONVERSATIONS AVEC JEAN-LOUIS ÉZINE, Presses Pocket, 1996.

PHILIPPE DJIAN

DOGGY BAG

Saison 5

roman

Julliard
24, avenue Marceau
75008 Paris

Ouvrage publié sous la direction de Betty Mialet

ISBN 978-2-260-01713-4

Principaux personnages

David Sollens
42 ans. Frère de Marc.
A été amoureux fou d'Édith. Vient d'épouser Josianne qu'il croyait enceinte.
Personnalité tourmentée. En H.P. après avoir poignardé le petit ami de Sonia, sa nièce.

Marc Sollens
41 ans. Frère de David.
A été amoureux fou d'Édith. Se met en ménage avec elle.
Quasi obsédé sexuel. Inscrit aux Sexoliques Anonymes (Programme des Douze Étapes et des Douze Traditions).
Brouillé avec son père.

Irène Sollens
63 ans. Leur mère. Femme de Victor dont elle est séparée.
Épouvantée par le retour d'Édith. Catholique pratiquante. A été kidnappée, battue, violée. Une femme de caractère. Observe les tentatives de rapprochement exercées par son mari avec méfiance.

VICTOR SOLLENS
71 ans. Leur père.
Profondément préoccupé par la vieillesse et la mort.
Tente, sans grand succès, de revenir vers sa femme.
Enchanté d'apprendre qu'il est le grand-père de Sonia.
De type ombrageux. Suicidaire (multi-récidiviste).
Désire retourner à la messe.

ÉDITH
40 ans. Mère de Sonia.
Retour après 20 ans d'absence. A laissé un mari (Paul) quelque part.
Vit désormais avec Marc.
Grosse dépression 15 ans auparavant. Travaille pour le magazine *City* que dirige sa meilleure amie, Catherine Da Silva.

SONIA
20 ans. Fille d'Édith. Et depuis peu de Marc (avec lequel elle peine à entretenir des relations satisfaisantes).
Étudiante.
Avait un petit ami, Joël, 25 ans, aujourd'hui décédé.
En a un autre, à présent, Roberto.
Une amie, Odile, 18 ans, qui vit avec elle. Un peu teigne.

CATHERINE DA SILVA
40 ans. Meilleure amie d'Édith et directrice de *City*.
Dix kilos de trop, mais joliment extravagante.
Pratique l'échangisme (a eu des relations avec Marc au cours de ces soirées).

ROBERTO
42 ans. Ami d'enfance des deux frères, d'Édith et de Catherine.
Propriétaire d'une laverie automatique.
A eu une histoire un peu sordide avec C. Da Silva, histoire dont il n'est pas fier et dont elle ne cesse de l'accabler.
Entretient à présent une relation avec Sonia (mais il culpabilise).

BÉA
32 ans. Secrétaire des deux frères.
Secrètement amoureuse de Marc, mais David ne la laisse pas indifférente.
A une sœur, Martine, en plein divorce.

JOSIANNE
35 ans. Maîtresse puis épouse de David.
Infirmière. A fichu le camp de chez elle à 16 ans pour avoir la paix.
Madame *la-fin-justifie-les-moyens* avec le corps de Jennifer Lopez.
L'un de ses enfants s'est noyé dans une piscine. Elle a une fille de 7 ans, Géraldine.
Vit difficilement l'incarcération de son mari.

PAUL
45 ans. Mari d'Édith.
A pris une jeune maîtresse de 18 ans, Sylvie.
Vit à la campagne. De gros problèmes de dents.

Docteur Nicolas Bradge
58 ans. Médecin d'Irène, et accessoirement de Victor. Sexualité mal définie. Amoureux d'Irène depuis le collège. Intime des Sollens.

Père Joffrey
60 ans. Prêtre. Irène Sollens est l'une de ses ouailles. Fervent adepte de la course à pied et de la rénovation/entretien de son église. Vieil ami de la famille.

Valérie Ardentropp
La soixantaine. Secrétaire particulière de Victor et relation d'Irène. Très attachée à son maître.

Élisabeth Dorflinger
Voisine et relation d'Irène et Victor. Milite pour l'éloignement des maris. Très bronzée.

Vincent Delborde
Avocat des deux frères. Gay. Devenu le nouveau maire de la ville.

Marga et Gilbert Damanti
Les voisins de Marc et Édith, proches de la cinquantaine. Sérieusement allumés. Enterrent des fœtus dans leur jardin et se montrent aux fenêtres.

Olivier De Watt
La cinquantaine. Chef de la police. Allure athlétique.

Inspecteur Blotte
Un poil misogyne.

Lorsqu'ils avaient vingt ans, et sous les yeux effarés de leur mère, David et Marc Sollens ont failli s'entretuer pour Édith – laquelle, amoureuse des deux garçons, en a profité pour s'enfuir avec un second couteau avant que les choses ne tournent encore plus mal.

Ils ont aujourd'hui la quarantaine et elle revient. Aïe.

Elle a une fille de vingt ans, Sonia. Et comme elle couchait avec les deux frères, à l'époque, il y a un moment de flottement. Mais on finit par apprendre que le père est Marc et ça tombe bien, ça tombe très bien, car Édith et Marc se mettent bientôt en ménage.

On a pensé un moment que David allait s'étrangler – et on l'aurait compris – de voir Édith lui passer sous le nez une seconde fois, mais c'est là qu'intervient Josianne, une infirmière avec le corps de Jennifer Lopez, qui surprend tout le monde en obligeant l'aîné des frères Sollens à l'épouser – après l'avoir mise enceinte.

Pendant ce temps, la mère, Irène, a été enlevée par un maniaque sexuel, tandis que Victor, son mari, tente un come-back à ses côtés car son vieux cœur bat de nouveau pour elle. Vu ?

On traverse un été chaud, ardent. À la suite d'un monstrueux orage, la ville est inondée et l'on se croirait à Venise, mais sans les touristes, et l'on baigne alors dans une atmosphère un peu délétère. On voit des hélicoptères tourner dans le ciel, on voit passer des vedettes de la police fluviale, et beaucoup de gens en ont assez, beaucoup de gens reprochent au maire son incurie et les Sollens en font partie. Les deux frères. Pas le père. Pas Victor Sollens qui a frayé avec le camp opposé.

Marc a acheté une maison au bord du fleuve et David a investi l'appartement de son père, si bien que celui-ci passe désormais de nouveau ses nuits sous le même toit que sa femme, ce qui constitue un net progrès mais demeure assez éloigné du but recherché.

Lorsque, l'âge aidant, on sent la mort approcher, il est difficile de ne pas se montrer impatient. Si, dans l'histoire, il n'avait pas gagné une petite-fille, qui sait quelle période dépressive il traverserait en ce moment, quelles pensées mortifères l'assailliraient à soixante et onze ans passés.

Tout autour, la ville miroite et clapote. Édith, qui eut longtemps la phobie de l'eau, surmonte brillamment l'épreuve. Elle refuse de s'inquiéter de l'appétit sévère de Marc pour le sexe et reste persuadée qu'elle a fait le bon choix – elle pense parvenir à réduire leurs séances à deux fois par jour dans un avenir assez proche.

Elle revient de loin. Elle revient de si loin que parfois elle se sent à bout de forces mais elle tient bon. Elle gère tout ça. Elle a même réussi à ne pas affronter sa fille, à échanger quelques mots avec Irène. Elle gère tout ça.

Dans l'ensemble, il s'agit d'un équilibre précaire, assez étonnant, si branlant qu'il en acquiert une sourde fermeté, tout rompant qu'il s'affirme avec les lois les plus élémentaires de la physique des corps qui s'entrechoquent.

Mais comme toujours, et une fois de plus, le seul problème est de trouver la bonne cadence pour la lecture, la bonne foulée.

***

Ce que l'on craignait est arrivé : Victor Sollens s'est pendu.

Le niveau des eaux baisse, le fleuve retourne dans son lit, Irène est saine et sauve, mais le vieil homme n'a pas supporté d'être rejeté par les siens – pour une vague histoire de trahison dont il se serait rendu coupable.

De son côté, David découvre que Josianne n'est pas enceinte, ce qu'il n'apprécie que moyennement puisque c'était la raison pour laquelle il l'avait épousée.

Autant dire que, pour certains, les choses ne vont pas très fort.

À présent, plusieurs mois ont passé. L'arrière-

saison est magnifique, la nature étonnamment luxuriante. Et il y a un grand plaisir à écrire là-dessus, sur le cheminement des âmes aujourd'hui, ces choses que nous avons sous les yeux, étrangement belles et menaçantes.

***

Conscient du problème, résolu à devenir un honnête homme, Marc rejoint les Sexoliques Anonymes – et il était temps, car être Sexuel Dépendant n'est pas une vie – tandis que David en profite pour poignarder Joël, ce qui le conduit tout droit chez les fous.

Le temps demeure incroyablement doux, cependant. Un couple de vautours est apparu en ville.

D'autres se contentent d'une rage de dents. L'occasion, pour Paul, de se conduire très odieusement. Quant à Irène, que dire de l'hébétude où la plongent les agissements de son diable de mari ? Et quant aux différentes femmes de l'histoire, que dire de leur désarroi général, voyant à quel genre d'hommes elles ont affaire ?

Personnellement, je pense qu'elles ne valent pas mieux. Et que le seul devoir d'un écrivain est de travailler son style.

Ph. Djian

1.

Joffrey estimait qu'en matière de péché il existait une sorte de prescription lorsque les faits remontaient à plus de trente ans, que le sang n'avait pas coulé et que la maison du Seigneur n'avait pas été profanée. D'autant que leur auteur manifestait de nouveau son intérêt et son attachement pour la religion. Et prêtait une oreille attentive aux besoins de la communauté – dans le domaine du transport, en particulier.

Élisabeth Dorflinger et Valérie Ardentropp n'étaient sans doute pas aussi appétissantes qu'au moment des faits, mais Joffrey pouvait comprendre que Victor Sollens n'avait pas dû hésiter pendant des jours avant de les culbuter dans l'herbe, ou dans quelque autre endroit plus approprié. Il suffisait de les regarder. Avec Irène, elles formaient un fameux trio qui tranchait sur les choses éteintes, fades, falotes, qui fréquentaient ordinairement la paroisse et ne dépensaient plus guère d'argent pour soigner leur apparence, qui tout simplement avaient baissé les bras.

Aujourd'hui encore, les minijupes de Valérie Ardentropp faisaient leur effet, Élisabeth Dorflinger demeurait svelte et bronzée d'un bout de l'année à l'autre, etc. Certes, elles n'étaient plus très fraîches. Le temps avait fait son œuvre, comme on dit. Mais cependant, même un homme d'Église – à l'œil naturellement peu exercé en la matière – voyait très bien ce que les trois femmes avaient dû être à l'époque, et bien qu'il ne fût question, en aucune manière, de donner raison à l'homme qu'il avait confessé un peu plus tôt, Joffrey ne pouvait s'empêcher de penser que Victor Sollens ne devait pas être seul à endosser la faute. Et il se demandait si, pensant ainsi, il enfreignait les règles de son ministère, ou mieux encore s'il n'obéissait pas à cette fameuse connivence, collusion, complicité masculine qu'Irène avait mentionnée l'autre fois. L'en accusant avec virulence.

S'il s'agissait de boire une tasse de thé, de jouer de l'orgue ou d'organiser une bonne œuvre, Joffrey ne leur connaissait aucun rival. Les femmes se montraient parfaites. Il n'avait aucunement l'intention de revenir là-dessus.

L'une d'elles, autrefois, l'avait brutalement renversé alors qu'il circulait à vélo – brisant dans l'œuf tout espoir de pratiquer la course à pied de haut niveau – et il ne fallait en tirer aucune conclusion.

Victor Sollens, aujourd'hui, se repentait. Cela ne faisait aucun doute. Et Joffrey n'avait pas revêtu l'habit pour rejeter, pour fermer sa porte à ceux qui avaient failli, mais pour accueillir. Dieu était miséricorde.

L'ombrage et l'amertume d'Irène se concevaient,

néanmoins. Joffrey éprouvait suffisamment d'amitié à son endroit pour ne pas avoir oublié les tourments qu'Irène avait connus et le coup terrible que Victor lui avait porté en quittant la maison, cette fameuse année où tout semblait dégringoler et se pulvériser dans l'air. Six ans, déjà. Il s'agissait, selon elle, selon ses propres termes, d'un trou béant, d'un gouffre que Victor ne pouvait combler, quoi qu'il s'imaginât dans son stupide orgueil. Elle avait traversé un désert de feu à cause de lui. Son cœur avait brûlé comme un morceau de charbon.

Combien de fois, au cours de la journée, posait-elle sur lui ce regard pétri de doute et d'animosité tandis qu'il circulait dans la maison, dix fois, vingt fois ? Pensait-elle surprendre un air, une grimace, un éclat qui lui aurait révélé la nature profonde de cet homme dont elle avait partagé la vie durant presque quarante ans ? Le connaissait-elle vraiment ? Le forcing qu'il faisait auprès d'elle prenait de telles proportions, à présent. Qu'est-ce que cela signifiait ? Que lui préparait-il, cette fois ? Que *diable* lui préparait-il cette fois encore ?

Pour être franche, il lui faisait un peu peur. Il se tenait à une centaine de mètres, devant les portes de l'église, conversant avec Joffrey – qui souriait d'aise, l'imbécile, qui ne voyait absolument rien, qui se croyait peut-être en présence d'un saint tout frais émoulu – et même à cette distance, au milieu de tous ces gens, elle ne se sentait pas en sécurité.

Elle avait intérêt à faire céder Bradge le plus rapidement possible. Il y allait de son salut. Victor était fort, très fort.

Et encore moins le soir. Lorsque la nuit tombait et qu'il pénétrait brusquement dans la chambre, sous un prétexte ou un autre et qu'il s'asseyait au bout du lit. Pas en sécurité *du tout.* Pas du tout en sécurité à mesure que le temps passait et que sa réinstallation définitive dans les murs devenait effective sans qu'elle ait eu son mot à dire – faute de s'en être avisée à temps, faute d'avoir vu cette parfaite horreur venir, le retour de Victor Sollens. Le retour de Victor Sollens. Le retour de l'homme qui l'avait épousée autrefois, puis abandonnée. Presque laissée pour morte. Il aurait fallu faire des lois pour empêcher les gens de revenir. Cela devenait une épidémie. Faire une loi permettant de les abattre sur place, de tirer sur eux à vue. Dès qu'ils réapparaissaient. Sous peine de se retrouver envahis.

La présence de Josianne et de sa fille, dans la chambre d'en face, relativisait l'intimité que ce démon appelait quotidiennement de ses vœux, recherchait, provoquait, organisait... elles tombaient à point nommé malgré le drame qui les avait portées jusqu'ici... leur présence avait une allure de bénédiction en de telles circonstances. Les femmes devaient se serrer les coudes.

Victor semblait ravi. Son visage reflétait une profonde sérénité. Elle se demanda si l'extraordinaire blancheur de sa chevelure, en ce début d'après-midi lumineux de novembre, était d'origine naturelle, s'il portait bien un polo Fred Perry ou si elle rêvait en le voyant ajuster sur son nez une paire de lunettes noires, genre Gucci.

Irène avait fait la moue mais les deux autres

avaient déclaré que Victor gardait une certaine allure, eu égard à son âge et son cœur déficient.

Cela ne le rendait que plus dangereux. Cet homme-là mettait tout le monde dans sa poche en dehors de sa femme et de ses enfants.

Un brusque silence accueillit l'engin qui venait de tourner au croisement d'Aubusson et s'approchait de l'assistance en donnant l'impression de flotter dans les airs. Puis les plus hardis commencèrent à applaudir. Un bel engin flambant neuf, imposant, couleur prune. Fabriqué en Allemagne. Une trentaine de confortables places. Luxueusement équipé.

Sans cesser de frapper dans ses mains, Joffrey se tourna sur Victor et arbora un large sourire afin de manifester la satisfaction intense qu'il ressentait devant cet impeccable cadeau. Irène, quant à elle, piqua du nez tandis qu'un attroupement admiratif s'effectuait aux abords de l'épatant modèle dont on commençait à vanter, ici la rampe d'accès à crémaillère, là de charmants WC capitonnés qui en rassuraient plus d'un sur les embouteillages et les longs parcours qui leur empoisonnaient la vie, d'ordinaire.

À une trentaine de kilomètres au nord, au milieu des sapins, se trouvait un parc d'activités qu'adoraient les enfants et la plupart des seniors équipés Timberland – la distance idéale pour un premier trajet, pour faire la connaissance de l'animal dont la moitié de la paroisse avait rêvé. Trente kilomètres d'autoroute à travers la forêt, par beau temps, sur un revêtement lisse, de couleur claire, flanqué de larges talus herbeux. Un vrai régal. Tout le monde était partant.

Les sorties en groupe constituaient la partie la plus pénible de leur action envers les plus démunis. Irène et ses deux amies tâchaient d'y échapper aussi souvent que faire se pouvait, mais il n'était pas question qu'elles se dérobassent à celle-ci, leur avait déclaré Joffrey. Il comptait sur elles.

Au moins, elles n'étaient pas obligées de porter des talons plats. C'était le bon côté de la chose. Elles aidèrent les plus vieux à monter, les moins vifs à se trouver une place, les gros à relever leurs accoudoirs, les maigres à s'attacher, puis elles s'installèrent au fond tandis que le bus du père Joffrey, manœuvré du bout des doigts par le saint homme, s'écartait du trottoir pour se placer dans le couloir de droite et prenait aisément de la vitesse.

À mi-chemin, au beau milieu des bois qui s'étendaient à perte de vue, une voiture de police garée en travers de la chaussée les stoppa : un camion de produits chimiques s'était renversé et toute la zone était bouclée jusqu'à nouvel ordre. L'air ne sentait rien de particulier mais il ne fallait pas s'y fier, estima l'officier qui évoqua la possibilité d'une fuite radioactive, par exemple, ou la propagation d'un virus carabiné, cultivé dans un putain de laboratoire.

Le GPS leur indiqua d'une voix amicale qu'ils pouvaient prendre la prochaine à droite et rouler dans cette direction durant cinq kilomètres. Parfois l'intelligence de l'homme brillait comme l'abdomen du ver luisant dans la nuit, il fallait bien l'admettre. La technologie prouvait qu'il n'était pas uniquement l'être stupide et barbare, le chien galeux que l'on croisait tous les jours et qui faisait honte à Dieu neuf fois sur dix. Il n'y avait pas que tuer, violer, piller. On entrait dans une forêt et une voix proposait de prendre la première à droite. Véridique.

Joffrey était aux anges. Le chemin qu'ils avaient emprunté n'était guère carrossable et le prêtre se réjouissait de l'incroyable suspension dont était pourvu le véhicule qui lissait bosses autant qu'ornières pour la plus grande joie de tous.

Victor avait le sourire aux lèvres. Le matin même, il avait déposé sur le bureau de son fils plusieurs liasses de billets que Béa s'était empressée d'enfermer dans un coffre et s'il n'avait pas échangé le moindre mot avec celui-ci, pas échangé le moindre regard signifiant, il avait goûté tout le sel de la situation sans se départir du léger sourire qu'occasionnait l'obscène transfert d'argent qui s'effectuait entre eux.

À l'occasion d'une nouvelle manifestation du GPS qui proposait de bifurquer au bas du vallon, Victor se tourna vers l'arrière du véhicule et chercha dans le regard d'Irène un peu de cette chaleur qu'un homme ayant accompli une bonne œuvre est en droit d'attendre d'un cœur juste et sensible – surtout quand ce cœur appartient à la femme que l'on convoite et pour laquelle on fait tout ça –, mais il n'en trouva pas.

Bifurquer au bas du vallon supposait que l'on rencontrât une bifurcation mais on ne la trouva pas. Quoi qu'il en soit, il faisait beau et Joffrey avait dès à présent le véhicule bien en main et sa conduite était fluide. Victor pouvait être satisfait. Hormis les trois femmes qui complotaient à l'arrière et lui cassaient sans doute du sucre sur le dos, tous les voyageurs étaient ravis, et d'ailleurs la plupart n'en revenaient pas d'assister à ce petit miracle : un bus pour eux. Un bus pour leurs sorties. Ce bus magnifique. Enfin. Ce bus magnifique qui filait au travers d'un feuillage d'automne flamboyant, ce bus qu'on aurait dit filant sur un matelas pneumatique. Certains étaient si contents qu'ils chantaient. Des chauves de soixante ans à lunettes, des femmes portant des jupes à mi-mollets, des jeunes à la peau blanche et flasque, tout ce monde chantait en chœur, ou du moins essayait.

Au bout d'un moment, ils décidèrent de s'arrêter pour se dégourdir les jambes et admirer le paysage qui s'élevait doucement vers l'horizon. Une belle usine à chlorophylle, une mer végétale, touffue, luxuriante, qui recueillit même quelques sifflements admiratifs, déclencha quelques élans poétiques à base de poudroiement et dorures, sans oublier les remerciements au Seigneur pour nous avoir fabriqué tout ça.

Tandis qu'ils étaient à l'arrêt, une femme resta bloquée dans les WC. Il s'agissait d'une institutrice à la retraite, presque rendue à l'état de momie. On lui expliqua comment manœuvrer le loquet, mais tout ce qu'elle fut capable de faire fut de se mettre à pleurer, à pousser d'invraisemblables vagissements, hurlant qu'elle étouffait. Elle n'étouffait pas, bien sûr.

À travers la cloison, Joffrey lui fit savoir qu'il n'avait pas l'intention de faire sauter la serrure et qu'en conséquence il n'y avait pas d'autre solution pour elle que de reprendre ses esprits, d'écouter ce qu'on lui disait, d'attraper ce loquet, *d'attraper ce loquet et de le tourner dans le sens des aiguilles d'une montre, okay ?*

Il y en avait toujours un ou une pour se distinguer. Il n'y avait pas de vrais débiles parmi eux, mais certains fonctionnaient réellement au ralenti. Il ne fallait donc pas s'étonner. Joffrey menaça de la priver de sortie si elle ne se ressaisissait pas.

Pendant ce temps, Victor se défendait d'avoir obéi à un bas calcul. Qu'on le soupçonnât jour après jour d'arrière-pensées devenait intolérable. Il ajouta qu'il ne pouvait livrer la totalité de son sentiment en présence de Valérie et d'Élisabeth, mais celles-ci ne firent pas mine de bouger et Irène les engagea à rester.

D'après elle, son boniment ne prenait plus. Elle n'était pas dupe. Il leva les yeux au ciel.

De quel *boniment* parlait-elle ?

Dieu déchargeait d'un poids. Dieu savait se montrer au moment opportun. Ne pouvait-elle entendre ça ? Dieu était le dernier refuge. Se pouvait-il qu'elle le haïsse, lui, Victor, lui, à ce point ? Il peinait à l'imaginer. Haïr un homme au point d'interdire à son âme tout espoir de salut ? Quelle sorte de crime fallait-il commettre pour s'attirer ça ?

Pourtant, ces trois femmes le connaissaient. Elles devaient bien savoir qu'il n'était pas un monstre. Mais à considérer le regard qu'elles posaient sur lui, avec leurs faux sourires, il comprit que son sex-appeal était parti en fumée et il préféra tourner les talons et s'en aller glaner quelques marques de considération ici ou là, pour changer.

Après qu'ils eurent sorti la vieille femme des toilettes et l'eurent branchée sur une bouteille d'oxygène pur – à ne pas confondre avec l'extincteur – jusqu'à ce qu'elle retrouve une couleur normale, Victor et Joffrey se penchèrent sur le système GPS et, après un moment de silence, décrétèrent qu'il s'agissait-là d'une invention formidable.

Au fond, Sonia pensait que sa mère le prendrait plutôt bien. Roberto ne partageait pas cet avis mais s'était résigné, la mort dans l'âme, à mettre Édith dans la confidence – à condition d'attendre en bas.

Sonia n'avait pas oublié le blanc qui s'était ensuivi après qu'ils eurent annoncé à David qu'elle et Roberto avaient conçu certain projet ensemble, et elle eut alors le loisir de vérifier que la même cause produisait le même effet.

« Maman, tu vas bien ? » fit-elle, légèrement inquiète devant la soudaine raideur qui frappait Édith, le sang quittant ses joues tandis qu'elle s'apprêtait à laisser tomber un dossier dans un tiroir, mais à présent ne le pouvait plus.

« J'ai dit ou fait quelque chose qu'il ne fallait pas ? » insista-t-elle.

Édith parvint à plier les jambes pour s'asseoir – à condition de saisir les accoudoirs. Derrière sa fille, de l'autre côté du couloir, elle apercevait Catherine Da Silva qui s'agitait dans son bureau, l'arpentait de long en large telle une locomotive sous pression. Elle frissonna.

« Sonia, Sonia, Sonia... », soupira-t-elle. Peu affectée par l'évidente contrariété de sa mère, Sonia s'empara du portrait de son père et l'examina en penchant la tête de côté avant de le reposer avec une moue perplexe.

« Il y a un problème ? demanda-t-elle. S'il y a un problème, dis-le-moi.. C'est le moment. »

Édith secoua la tête. Il n'y avait pas de problème. Aucun problème majeur.

« C'est simplement que... c'est simplement que... Sonia... Mais qu'est-ce que... écoute, bon, retourne-toi, retourne-toi discrètement... parfait... tu vois cette femme ? *Est-ce que tu vois cette femme ?...* eh bien... eh bien, je ne vous conseille pas de vous trouver dans les parages lorsqu'elle apprendra la nouvelle, crois-moi. Ça va la rendre folle. Mais tu sais où tu as mis les pieds, n'est-ce pas ? En tout cas, si tu ne le sais pas, Roberto le sait, lui. La preuve... » Elle tourna la tête de droite à gauche. « Tu le vois ? Moi je ne le vois pas... mais je peux presque l'entendre claquer des dents, pas toi ? » Elle baissa la tête et poussa cette fois un bref mais noir soupir. « Pourquoi lui ? Sonia. Pourquoi lui ? Tu compliques sérieusement la donne, ma fille. Oui. Franchement. Roberto. C'est tout ce qui manquait. Roberto. Pour la compliquer, tu la compliques. Je ne vais pas te dire le contraire. Tout ne gagne pas à revenir au grand jour, tu sais, tout n'est pas bon à ruminer, soyons clair. »

Elles attendirent que Catherine Da Silva eût le dos tourné pour filer. À peine sortie de l'immeuble, Édith sentit qu'une main invisible la repoussait tandis qu'elle s'efforçait d'avancer vers Roberto qui attendait dans l'ombre du trottoir d'en face. C'était stupide, bien entendu, elle aurait dû se sentir honteuse de voler si bas mais elle n'avait pas encore totalement digéré le fait que Sonia et lui fussent ensemble, pas totalement totalement digéré ce fait précis.

Pouvait-elle prétendre que cela ne lui faisait rien ? Qu'un vieux copain baise à présent sa fille... ce type qui appartenait à leur jeunesse... le troisième homme de la bande... était-ce tout à fait indolore ?

« C'est Marc qui ne va pas être content, fit-elle.

— Je le sais. Figure-toi que je le sais. J'en suis malade.

— J'espère bien. J'espère bien que tu en es malade. Mais *qu'est-ce qui t'a pris ? Qu'est-ce qui t'a pris, tu as perdu la raison ? Regarde-moi. C'est ta dernière invention ?*

— Maman, s'il te plaît. Maman. Arrête.

— D'accord. J'arrête... » Elle se tourna de nouveau sur Roberto. « As-tu jamais réfléchi plus de cinq minutes dans ta vie ? On ne le dirait pas... de quel droit... qui t'a autorisée... hein ?... Seigneur, qui t'a permis ? Comment tu as pu faire ça ?

— Maman, arrête.

— Quoi ? J'arrête. Mais j'ai le droit de lui parler sans ton accord, tu sais. Tu n'étais même pas née. Tu n'étais même pas de ce monde et il venait m'attendre en bas de chez moi. Nous avons été les meilleurs amis du monde, figure-toi. »

Roberto acquiesça, la tête basse – on remuait là des souvenirs qu'il chérissait et qui ternissaient le ciel de sa nouvelle liaison. Il envoya un bon coup de poing dans le mur de l'immeuble au pied duquel ils stationnaient, obligeant les autres piétons à les contourner – de mauvaise grâce, pour la plupart.

« Ce n'est pas à toi que je vais la faire, marmonna-t-il en fixant vaguement son mouchoir autour de son poing. Ne me reproche pas de ne pas m'être raisonné. C'est tout ce que je te demande. Ne viens pas me dire que j'aurais pu me raisonner. J'en aurais été incapable... Tu sais de quoi je parle, n'est-ce pas, j'ai pas besoin de te faire un dessin... »

Édith le fixa durant quelques secondes sans broncher. Puis elle leva les yeux au ciel et tourna brusquement les talons.

Elle marcha vite, les bras croisés sur la poitrine. Elle traversa le carrefour avant qu'ils n'aient réagi. Puis le feu les bloqua au rouge tandis qu'elle descendait vers le fleuve sans traîner, avec cette énorme chose en tête, cette union insensée, cette union insensée qui allait jeter le trouble dans certains esprits. Il faisait bon, elle allait d'un pas vif. Les deux autres piaffaient d'impatience dans son dos – contenus par le flot de voitures qui se déversait méthodiquement en ville, créant un brouillard de chaleur dont la masse translucide ondulait comme en plein été.

Quand enfin ils la rejoignirent, elle était assise dans l'herbe et rongeait son frein.

Roberto déclara qu'il allait acheter des sandwiches.

« Pas de sandwich pour moi, je te remercie, lui dit-elle.

— Tu ne veux rien manger ? Tu es fâchée ? »

Elle leva les yeux sur le fleuve. Sa phobie de l'eau

allait beaucoup mieux, mais d'autres écueils se dressaient en échange, ainsi allait la vie. « Je ne suis pas fâchée, répondit-elle. Je suis déroutée, inquiète, passablement exaspérée... tout dépend si tu tiens à employer le terme exact. »

Sonia s'accroupit à côté d'elle. « Je suis sidérée que tu puisses réagir ainsi. Je dois dire que je ne m'y attendais pas. Franchement.

— Ne fais surtout pas un effort d'imagination. »

Roberto annonça qu'il allait ramener des hot dogs. Elles le suivirent des yeux tandis qu'il s'éloignait en direction de l'établissement concerné, le dos rond, à demi plié en deux sous le poids de la culpabilité.

« Sonia, fit-elle d'une voix fatiguée, je n'ai pas l'intention de me fâcher avec Catherine. Je suis de son côté. Pas du côté de Roberto. Désolée. Mais n'oublie pas que j'étais sur place. N'oublie pas que je l'ai vécu. Contrairement à toi. Excuse-moi de te le rappeler... Le temps a permis à certaines colères de s'apaiser, peut-être, bien sûr, mais contrairement à ton père et à David qui n'ont pas attendu dix ans pour devenir amnésiques, Catherine et moi sommes restées sensibles à... disons... la manière dont il s'est conduit. Il y a des taches qui ne s'en vont pas, Sonia, il y a des actes auxquels on ne peut accorder aucune circonstance atténuante. Je suis désolée. C'est difficile de le détester, crois-moi. Même pour elle. Même pour Catherine. Qu'il soit resté l'ami de Marc et de David est une chose, nous n'allons pas en débattre, les hommes s'arrangent toujours avec le pire, mais qu'il couche avec toi en est une autre. Pour te parler franchement.

— Tout va bien. Je ne suis pas venue te demander la permission de coucher avec lui. Mais si tu pouvais nous aider... si tu préparais un peu le terrain... ça nous arrangerait. Je crois que ça conviendrait à tout le monde, d'ailleurs, vu la période que nous traversons. »

Édith s'étendit dans l'herbe. L'estime de ses enfants est une matière précieuse. Les journaux regorgeaient de conseils pour lutter contre le dépérissement, mais combien traitaient le mal à la racine ?

Roberto s'était toujours montré un garçon dévoué. Il était davantage que cela, bien sûr, mais le voyant revenir les bras chargés de sandwiches et de sodas, Édith se disait qu'elle avait vu cette image des milliers de fois – une sorte de sainte enluminure, un brin émouvante. Certes, on ne pouvait pas dire que Catherine n'avait pas abusé de la situation, qu'elle ne traitait pas Roberto avec condescendance, qu'elle ne prenait pas plaisir à l'humilier, à le traiter en domestique. Personne ne prétendait que Catherine était une sainte. À cette époque, Roberto louchait si ouvertement sur elle – si *désespérément,* c'est un fait – qu'elle en profitait outrageusement et faisait de lui ce qu'elle voulait. Un garçon qui avait un bon fond, voilà ce qu'il était, voilà ce qu'on aurait aimé retenir de lui... D'autant plus navrant. Un soir avait suffi pour mettre un pied dans les ténèbres. Bel exemple d'un beau gâchis.

Elle accepta le hot dog qu'il lui tendait avec ferveur. Au moins, elle n'allait pas devoir annoncer à

Marc que sa fille avait une petite amie – ce qui n'était pas abominable en soi mais méritait qu'on en parle sérieusement –, et cette corvée, au moins, s'évanouissait donc ainsi et la laissait souffler. Roberto avait pensé à lui commander un sandwich sans moutarde. Merci, Rob.

Ensuite, elle les quitta et se rendit dans un grand magasin du centre pour procéder à quelques achats, des livres, de la musique, des fims, des cigarettes, du serrano sous vide. Ils n'allaient pas du tout ensemble. Passant d'un rayon, d'un étage à l'autre, elle ne pouvait s'empêcher de penser qu'ils n'allaient pas du tout ensemble. Elle s'en esclaffa au beau milieu d'un escalator, ayant eu à peine le temps de mettre sa main devant sa bouche.

Elle eut confirmation de ce sentiment auprès de David qui en grimaçait littéralement.

« Ça m'a coupé le souffle. Entre nous, Édith, ça m'a coupé le souffle. Plus j'y pense, plus je trouve qu'il a charrié. Sonia a eu sa dose d'émotions fortes. Elle était fragile et il en a profité. Je trouve pas ça bien. C'est pas bien de sa part. On est comme sa famille, non, quelque part... »

Édith était d'accord. Roberto avait transgressé quelques règles élémentaires, fondamentales, que l'on ne pouvait expliquer en quelques mots mais que chacun comprenait.

« Je recommence à fumer à cause de toi, lui dit-elle. J'avais arrêté. » Ils se mirent à la fenêtre et observèrent quelques malades courant dans le parc, se roulant dans le gazon dru. Fumer était l'une des choses les plus agréables du monde. « Ils ne vont pas du tout ensemble, n'est-ce pas ? reprit-elle. Incroyable à quel point ils ne vont pas ensemble. Franchement. J'étais sûre que tu serais de mon avis. En tout cas, je suis tombée des nues. Roberto est la dernière personne au monde que... je veux dire qui... »

Elle essuya maladroitement quelques larmes qui coulaient. « Je ne sais pas pourquoi je pleure », dit-elle. Puis elle tendit la main vers les livres qu'elle lui avait apportés. « Je te conseille le dernier roman de McInerney. Les fauteuils sont profonds. Le John Banville est une merveille mais il risque de te flanquer le bourdon.

— Ce con, lorsqu'il a écrit *Trente ans et des poussières*, j'ai failli avoir une attaque cérébrale. De bonheur. Merci. Ça me fait plaisir... En tout cas, ne va pas raconter à Marga que c'est de ma faute si tu t'es remise à fumer. Elle va dire que je démolis son boulot. »

Il avait déjà un peu maigri. Mais il se portait assez bien dans l'ensemble. Le directeur de l'établissement veillait sur lui comme s'il était un membre de sa propre famille et le personnel était à ses petits soins, ce qui faisait une sacrée différence avec la prison que l'on avait réussi à lui épargner. Il fallait remercier le Ciel. De multiples enquêtes avaient confirmé que les prisons de ce pays étaient un cauchemar, indignes d'un État civilisé. Rien que d'y penser faisait frémir.

Pour sa part, elle lui apportait le soutien moral qu'elle lui devait – ou qu'elle ne lui devait pas mais qu'elle lui accordait sans hésiter pour la place qu'il tenait dans l'histoire – et le fournissait en charcuterie espagnole pour qu'il ne dépérît pas davantage. Elle soutenait Josianne par la même occasion. Josianne qu'un pli amer au coin des lèvres accompagnait à présent les trois quarts du temps, Josianne qui n'entrevoyait plus guère de radieux avenir dans ce contexte.

Difficile de ne pas la prendre en pitié. Difficile de lui faire admettre que tout n'était pas si sombre quand un tel chaos s'étendait autour de soi.

Son humeur s'en ressentait. Ce jour-là, ils avaient eu affaire à une collision entre deux trains et un ballet ininterrompu d'ambulances avait rythmé la matinée au milieu des cris et des gémissements.

Elle avait à peine mis un pied dans la chambre qu'elle feignit s'étonner de trouver Édith encore là – ce qui donna le ton immédiatement.

Une morne religieuse aurait sans doute essuyé la même attaque venant de n'importe quelle infirmière présente ce matin-là aux urgences – et jusque dans les couloirs où s'entassaient les éclopés. Les nerfs étaient mis à rude épreuve. « Tout va bien, David, fit Édith en récupérant son sac. Il n'y a pas d'offense. » Puis se tournant vers Josianne qui, les poings aux hanches, conservait une attitude de défi : « Tu te trompes lourdement, Josie. Tu es morte de fatigue. Enfin, je vous laisse. Tu devrais en profiter pour t'allonger. Tu fais complètement fausse route, tu sais.

— En es-tu aussi sûre ? »

Édith lui renvoya un regard sombre. « Je t'en prie. Ne nous embarquons pas dans cette voie. C'est la pire. Je sais ce que je dis, Josie. Je ne dis pas ça pour te faire peur. »

David les écarta pour se frayer un passage, déclarant qu'il sortait pour aller pisser – alors que tout le monde savait bien qu'il y avait des WC *à l'intérieur de la chambre,* mais il n'encourut aucune réflexion de la part des deux femmes qui restèrent face à face tandis qu'il s'éclipsait – ceux qui le connaissaient savaient le peu de goût de David pour ce genre de confrontation, pour ne pas dire sa répulsion.

« J'aimerais ne pas te trouver dans cette chambre à chaque fois, c'est tout. Je suis sa femme. Je n'ai pas envie de te trouver là à chaque fois. Est-ce que c'est possible ? Est-ce qu'il y a besoin d'en discuter ? »

Édith ouvrit la bouche puis renonça. Ses relations avec Josianne venaient de prendre un sérieux coup de froid et il n'était pas nécessaire de les transformer en banquise en faisant de la surenchère. Le soir tombait. Il ne fallait pas en arriver au point où Josianne se raidirait et n'entendrait plus rien que sa propre interprétation des faits. Il fallait garder un pied dans la porte, quel qu'en fût le prix.

Elle trébucha. À peine franchit-elle le seuil qu'elle s'étala brutalement et roula dans le couloir – judicieusement propulsée par la sortie abrupte qu'elle avait négociée en réponse à la dureté des paroles de Josianne. Un superbe vol plané. Sur un sol dur en bout de piste. Rugueux. Son front heurtant même la chose avec un bruit mat. Garder un pied dans la porte. Ne jamais perdre le contact avec Josianne. La chute était ce qu'elle avait trouvé de mieux dans l'urgence. Elle avait aussi songé à se prendre la porte en pleine figure ou à feindre l'épilepsie, mais la bonne vieille gamelle comptait encore de chauds partisans.

Elle faillit s'assommer. Josianne poussa un juron et se précipita à son secours.

Les trente-six chandelles qu'elle voyait n'étaient pas du bluff. Mais elle ne pouvait permettre que le doute s'installât dans l'esprit de Josianne. Elle avait agi avec générosité. Un coup à se blesser réellement. Blaine aurait été fou de rage s'il avait su dans quoi elle se fourrait, dans quoi elle s'enfonçait sans même s'en rendre compte. Son degré d'investissement.

« Oh la la, oh ma pauvre ! s'écria Josianne en lui venant en aide. Rien de cassé, au moins ? Tout va bien ?

— Hein ? Où suis-je ? » fit-elle en roulant des yeux.

L'important était de pouvoir glisser à Josianne, en se serrant contre elle pour plus d'intimité – il n'y en a jamais trop quand on aborde un sujet sensible –, qu'elle comprenait parfaitement bien le reproche que celle-ci lui adressait et qu'elle cessait en conséquence, désormais, ses visites importunes et s'excusait d'avoir pu donner matière à un quelconque malentendu.

Elle s'accrocha à Josianne qui lui avait passé un bras autour des épaules et tentait de la relever mais elle se faisait toute molle. « Je ne le verrai plus puisque c'est ça, bredouilla-t-elle. Je me mets à ta place. Mais c'est pourtant tellement absurde. Alors que nous devrions nous soutenir. Si c'est mieux, pour toi, je ne lui passerai même plus un coup de fil. Si cela peut contribuer à ta tranquillité, Josie. Nous sommes amies, Josie. Cela importe avant tout. Je ne viendrai plus. »

Elle laissa Josianne la remettre debout – à condition qu'on la soutienne, mais elle n'avait pas trop à jouer car un réel étourdissement la saisissait. Josianne voulait la conduire jusqu'à la salle de bains pour lui passer de l'eau sur le visage. Pourquoi pas ? Elle avait mal un peu partout.

« Tu n'auras qu'à lui expliquer... je ne sais pas, tu trouveras bien quelque chose, fit-elle quand elles furent postées devant le miroir et se considérèrent. Pourquoi pas la vérité ? Pourquoi ne pas lui dire la vérité ? »

L'allusion était cruelle. Parfois, des mots cruels sortaient de la bouche sans qu'on pût les retenir. Des vies avaient basculé, des vies avaient été détruites par des mots qui échappaient, des paroles que l'on ne prenait conscience d'avoir dites que lorsqu'il était trop tard.

Josianne finit par prendre une serviette et en mouilla un coin après avoir baissé les yeux.

Édith rentra au crépuscule – après un détour chez Sonia mais elle trouva la maison vide et un gros sac de marin, garni d'affaires d'homme, dans la chambre de sa fille, ils ne perdaient pas de temps ces deux-là.

Marc n'était pas là, sans doute à son club de gym. L'horizon rougeoyait derrière les baies, pénétrait dans le salon qu'il dardait de ses rayons silencieux et translucides, encore tièdes – passant au travers du feuillage encore fourni du tilleul et des saules, il en jaillissait dans un véritable étincellement. Elle ôta ses chaussures. Le vin blanc était la drogue bénie de la quarantaine. Chardonnay. Conservé dans le compartiment *ad hoc* du réfrigérateur – le bonheur se suffisant au fait d'en avoir quelques bouteilles d'avance. Servir frais.

Puis elle gagna le canapé sans attendre. Il s'en était fallu d'un cheveu. Elle poussa un sifflement de chambre à air crevée en se pliant en deux, car la journée avait été rude. Josianne lui avait fait peur. David avait besoin de compagnie et Josianne n'était pas la mieux placée pour le comprendre, et encore moins l'admettre. Édith avait vu le moment où la jeune femme allait se buter, où les choses allaient coincer. L'alerte avait été chaude.

David accumulait les ennuis. Il fallait le faire exprès pour ne pas s'en apercevoir. Certes, elle ne pensait pas réellement qu'un sort si peu enviable eût un rapport direct avec elle. Avec le fait que son choix se fût porté sur Marc. Attirant du même coup sur David fléaux et déconvenues en tout genre. Aucun esprit sensé ne pouvait envisager une telle mécanique.

Se relayer à son chevet. Se relayer à son chevet était la seule chose à faire. Et Josianne n'avait pas été facile à convaincre. Chez elle, une partie demeurait encore sauvage, comme le cœur inexploré d'une jungle, et la raison ne pouvait y pénétrer. Aucune lumière. Autrefois, Josianne s'était battue dans des bars et elle avait expliqué qu'il n'était pas toujours avantageux de discuter.

Que répondre à ça ? La gamelle dans le couloir avait éteint l'incendie, mais elle n'avait plus vingt ans et n'envisageait pas de recommencer dans un futur proche.

Josianne souffrait du syndrome du dernier arrivé,

pour lequel on ne connaissait aucun remède. Édith voyait très bien les ressentiments que cela engendrait chez une fille qui s'était longtemps battue dans les bars. La part sombre. Il fallait marcher comme sur des œufs sous peine de déclencher une tempête incontrôlable. Dont David pâtirait... – ce qui n'était le but recherché par aucune des parties en présence mais que l'aveuglement pouvait stupidement imposer.

Elle s'étira. Son téléphone sonna. Marc était à la recherche de ses parents. Encore une histoire de fous. La moitié de la paroisse avait disparu. Elle s'excusa auprès de Marc. Elle s'excusa du fond du cœur mais déclara qu'elle n'était pas en état d'en entendre davantage pour aujourd'hui, par pitié, qu'elle n'avait plus la force, qu'elle l'embrassait et elle raccrocha.

Victor et Irène Sollens étaient devenus de vrais siphonnés. Depuis son retour, autrement dit en quelques mois, ils avaient accumulé les gestes fous, les actions démentielles, et ça continuait, ça n'arrêtait pas. Aussi pouvaient-ils bien disparaître. Lorsqu'elle repensait à la guerre sans merci qu'ils lui avaient livrée autrefois, elle se prenait à la regretter. Plutôt que d'avoir affaire à ces deux personnes séniles. Comment avaient-ils fait pour disparaître ? Comment avaient-ils trouvé le moyen de disparaître ? Tant d'absurdité la fit se lever pour se resservir un verre – le premier était bien mais insuffisant.

Elle envisagea qu'ils aient pu se faire enlever par des Martiens. Ils en étaient capables.

2.

Lorsque le soir commença à tomber, le bus était en train de verser dans le bas-côté à la suite d'un brusque coup de volant de Joffrey destiné à éviter un lapin.

Tout le monde bascula du même bord, dans le plus grand désordre, dégringolant les uns sur les autres, heurtant les armatures métalliques des sièges, se cognant le nez, s'enfonçant une côte, etc., braillant, hurlant, gémissant, dans un enchevêtrement de corps.

Les animaux des environs dressèrent l'oreille.

Puis, lorsque chacun eut compris qu'il n'était pas mort et pouvait plus ou moins bouger, un mouvement s'amorça mollement vers la sortie cependant que Victor et Joffrey se trouvaient déjà à l'œuvre et débloquaient les portes, à grands coups d'épaule.

Quand ils passèrent la tête au-dehors, dans la pâleur du soir, ils inspectèrent les environs puis se fixèrent en silence avant de s'extraire du bus.

Voilà où ce maudit GPS les avait menés. Au cœur des bois. Dans un fossé. À la recherche d'un chemin qu'ils n'avaient jamais trouvé. Perdus. Ils étaient complètement perdus.

Le GPS avait été pris de folie, tout simplement, si jamais telle sorcellerie fût possible. Il les avait tout droit conduits au milieu de tous ces arbres dont l'ombre se refermait sur eux. La moitié de la paroisse. Sans sourciller. Global Positioning System.

Ceux qui en possédaient un, et qui se trouvaient en état de le faire, empoignèrent leur téléphone – tandis que les autres s'affaissaient sur des bûches, sortaient des mouchoirs, se tenaient les côtes, s'interrogeaient à voix haute, s'époussetaient, pleurnichaient, toussaient, blanchissaient comme des os de seiche.

Mais ça ne passait pas. Même en tenant l'appareil à bout de bras. En ville, on pouvait joindre n'importe quelle partie du monde en prenant le soleil sur une terrasse... mais le Moyen Âge était aux portes de la cité, les Temps obscurs s'étendaient au-delà du périphérique, sur des territoires où le réseau ne passait pas.

Plus d'un bon catholique se mit à jurer, obligeant Joffrey à rappeler les contrevenants à l'ordre. D'autres voulaient commencer à prier mais il leur demanda de prendre patience. « Chaque chose en son temps, mes amis. Vous pouvez constater qu'il n'y a aucun blessé grave parmi nous. Tout va bien. Le Seigneur est avec nous. »

Tout n'allait pas bien et chacun le savait, car être là où ils étaient ou au plein cœur de la forêt amazonienne ne faisait aucune différence – sinon qu'ils ne pouvaient attraper la fièvre jaune ou être mordus par un singe. Les chances de les retrouver dans une forêt aussi dense, le temps que les autorités se réveillent... hum... le pire pouvait facilement arriver... la troupe n'était pas constituée de jeunes athlètes rompus à la survie en milieu hostile, avec de bons gros cœurs, bien solides, et de bonnes jambes, de beaux mollets bien musclés. Sur la trentaine de participants, la moitié était juste capable de grimper sur un escabeau à trois marches pour nettoyer les vitres de la cuisine. Pour prier, ils étaient bons, mais pour marcher ? Pour fournir un effort physique tel que gravir une pente couverte de feuilles mortes sans y passer la nuit ?

Joffrey les connaissait bien. Chacune de ses ouailles pouvait se transformer en boulet lors d'une marche forcée. La plupart ne pratiquaient aucun sport. Trois se déplaçaient en fauteuil roulant. L'une d'elles avait déjà utilisé une bouteille d'oxygène. D'anciens scouts se trouvaient là mais le temps s'était tellement moqué d'eux qu'ils n'auraient plus été capables de reconnaître le nord du sud ou d'enjamber un muret.

« Je vous suis parfaitement bien, mon père, déclara Victor en se touchant le menton. Je vois. Mais à moins d'abandonner les plus faibles sur place... je ne vois pas... Bon, attendons les secours. Attendons. Prenons notre mal en patience et attendons qu'on vienne nous tirer de là. C'est ce qu'il y a de plus sage... Écoutez, pourquoi ne ferions-nous pas un feu pour commencer ? Hein, envoyez-les chercher du bois, ça va les occuper. Dites-leur de ne pas s'éloigner. Inutile de compliquer la mésaventure, mon père, vous me suivez ? Qu'ils restent en vue. Que l'on puisse les voir. »

Valérie boitait – mais il s'aperçut, tandis qu'elle approchait, que ce n'était que le talon de sa chaussure qui manquait. Irène était un peu décoiffée et une manche de son tailleur était à demi arrachée.

« Ne me dis pas que nous allons passer la nuit ici, grimaça Élisabeth Dorflinger, dont le front était barré d'un mince filet de sang qu'elle tamponnait avec un mouchoir. J'ai une tarte au four qui démarre dans vingt-cinq minutes.

— Ça va être juste, je crois », lui répondit-il.

Un peu d'abattement flotta sur le visage des trois femmes tandis que l'obscurité gagnait alentour. On entendait du petit bois qui craquait, le cri d'une chouette, des accents alarmés à la seule idée de passer la nuit à la belle étoile.

« Ça va ? demanda-t-il à Irène.

— Ça va, fit-elle.

— Je veux dire... vraiment ?... Est-ce que ça va *vraiment* ? Ce n'est pas trop dur ? Je veux dire, pour toi, ce n'est pas trop dur.

— Écoute, ne t'occupe pas de moi.

— Là, Irène, je suis témoin, déclara Joffrey.

— Oh, vous. Libre à vous de gober chaque parole qui sort de sa bouche. Ne vous mêlez pas de ça.

— Je crois que tu ne te rends pas compte de ta conduite à mon égard, soupira Victor. Ce dont le père est témoin, et je m'en réjouis, c'est de ton refus obstiné, catégorique, à m'accorder d'avoir... à m'accorder de faire preuve... disons d'une once d'honnêteté à ton égard. Rien de l'attention que je te porte qui ne soit suspecte à tes yeux. Aucun de mes efforts qui ne soit moqué, ou au mieux ignoré. Au moins le père me rend justice. Merci, mon père. Car enfin, ne puis-je prendre de tes nouvelles sans être repoussé comme un malpropre ? N'es-tu pas de pire en pire avec moi ? »

Irène considéra ses deux amies et le père Joffrey qui ne perdaient rien de la conversation. Puis elle fixa de nouveau Victor. « Ne pourrait-on débattre de cette question un peu plus tard, hum, non, qu'en dis-tu ?

— Je ne crois pas. Je ne pense pas, justement. Nous n'arrivons jamais à en parler. Qu'y-a-t-il ? Ce sont nos amis. Ils nous connaissent. Ils pourront peut-être nous dire si l'un de nous deux ne charrie pas trop, des fois, n'est-ce pas, hein, sacré nom de Dieu de putain de... » Une main s'abattit brutalement sur son épaule : « Ouille !... Oui, pardonnez-moi, mon père, mais cette femme est en train de me rendre fou, mon père, je vous assure. Elle est en train de me briser.

— Là, je crois que tu exagères, déclara Élisabeth. Te briser ? Toi ?

— Écoute-moi bien, toi, je ne t'ai pas sonnée. Est-ce que je mens ? Tu nous vois. Tu nous vois tous les jours. Tu vois tous les efforts que je fais. Est-ce que je peux faire plus, dis-moi ? Est-ce qu'elle veut bien daigner regarder le nouvel homme que je suis ? Est-ce qu'elle veut bien ouvrir les yeux un instant ?

— Mais quel culot tu as, fit Irène entre ses dents, mais quel culot tu as.

— De quoi parles-tu ? Quel rapport ?

— Avoir autant d'orgueil. Penser que l'on puisse devenir une autre personne. Quelle sinistre plaisanterie. Comment pourrait-on se transformer à ce point ?

— Irène, intervint Joffrey, je crois savoir ce qui peut changer un homme. Je suis bien placé pour le savoir. Là, je peux vous parler d'une chose *que je connais.*

— Oui. Parfaitement, renchérit Victor. Bon, nous sommes entre nous. Nous pouvons en parler sans avoir à nous cacher. Parce que voilà ma vie a changé depuis que je retourne à la messe. Mes yeux se sont ouverts. Depuis que j'ai remis les pieds dans une église.

— Victor, je le conçois parfaitement bien.

— Taisez-vous, Joffrey, vous me faites mal au cœur.

— Désolé, Irène. Vous connaissez l'immense affection que j'ai pour vous, mais nous touchons-là un sujet qui...

— Peu importe. Allez donc vous promener un peu. Allez donc voir si l'on n'a pas besoin de vous quelque part... Je ne suis pas en état de vous écouter.

— Mais qu'est-ce que tu racontes ? s'emporta Victor. Ne faites pas attention, mon père. Elle ne sait plus ce que signifie avoir une âme charitable. Dans son esprit, tout ce qui me concerne se couvre d'un voile noir. Que je puisse de nouveau embrasser les pieds du Christ sur la Croix dépasse l'entendement, selon elle. Qu'une telle grâce puisse m'échoir lui paraît absolument impossible, oui ou non ? J'aimerais t'entendre dire au père que Dieu ne pourra *jamais* entrer dans mon cœur. Je veux t'entendre dire *cela.*

Je veux t'entendre dire que tu m'en considères non seulement indigne, mais je ne sais pas moi... pas *constitué pour...* pas *fait pour...* pas fait pour entendre – et encore moins pour recevoir la Parole divine. Est-ce que tu vois la direction que ça prend ?

— Je refuse de discuter de ça devant cinquante personnes. Très peu pour moi. Mais je crois être celle qui te connaît cent fois mieux que les autres, ici. Je suis celle à qui tu ne peux pas la faire, je suis exactement celle-là. Manque de chance, mon ami. »

La conversation fut interrompue par un groupe qui transportait la dépouille d'un lapin par les oreilles. « Quoi... l'aurais-je heurté ? » bredouilla Joffrey en tirant sur son faux-col.

Certains voulaient le cuire à la broche, mais il refusa.

Ils avaient faim, dans l'ensemble. Quand le feu ronfla, les mêmes revinrent à la charge. Il était à peine sept heures du soir. Joffrey leur rappela qu'ils avaient mangé à midi et consciencieusement grignoté dans le bus, si bien que cette sensation de faim qu'ils avaient soi-disant ne reposait sur rien de solide. « Et boire ? » lança l'un d'eux par-dessus le crépitement des flammes.

Victor pensait qu'à présent, au pire, l'alerte était donnée et qu'il y aurait encore des restaurants ouverts en ville. Bien que l'on n'aperçût le ciel que par interstices, tant les frondaisons étaient noires et serrées, il estimait que l'intense lueur du feu ne pouvait se manquer dans l'obscurité, d'hélicoptère. Il se souvenait avec précision du vol qu'il avait effectué au-dessus d'une autre forêt, mort d'inquiétude pour une femme qui ne lui accordait même pas, aujourd'hui, le bénéfice du doute.

Joffrey, accompagné d'une résolue petite bande de sexagénaires calamiteux – ceux qui avaient l'esprit militaire, qui vivaient encore comme au siècle passé et portaient des casquettes –, Joffrey pratiqua l'inventaire du bus et des sacs – malgré quelques réactions d'humeur, mais il rappela qu'il fallait partager – et se retrouva bientôt à la tête de quelques paquets de gâteaux secs, de quelques morceaux de chocolat de régime, de deux bouteilles d'eau et d'une gourde contenant de la limonade relativement éventée, presque chaude.

D'un seul coup, tout le monde voulut boire. Tout le monde voulut manger. Il ne servait à rien de leur expliquer qu'il n'y avait aucune raison de paniquer. Que la famine ne les menaçait pas. Qu'on les ramènerait bientôt en ville... Ils n'entendaient rien. De temps en temps, l'un d'eux jetait une bûche dans le brasier, d'un geste rageur, tandis que les autres avalaient les biscuits par poignées dans le vif rougeoiement des flammes qui passait leurs faces à la cire – ces faces de crêpes.

« Regardez-les, fit Joffrey avec une moue attendrie, ils sont comme des enfants apeurés... Ils n'y comprennent rien, les pauvres. Dorénavant, pour chaque sortie, nous prévoirons des bidons d'eau et de la nourriture... »

Les trois femmes grimacèrent imperceptiblement. De hautes flammes brillaient dans la nuit noire.

« Je ne peux pas croire que nous allons dormir ici, reprit Élisabeth pour la seconde fois, d'une voix où perçaient l'inquiétude et le ressentiment. C'est tout à fait *impossible.*

— Dormir ? dit Victor. Dormir ici ? Bien sûr que nous n'allons pas dormir ici. Nous ne sommes pas dans le tiers-monde, tu sais. Nous avons la technologie de ce pays derrière nous. Nos fusées sont de véritables laboratoires volants, nos trains roulent à plus de cinq cents à l'heure, nos médicaments sont les meilleurs du monde... ils vont très vite nous retrouver, ne t'en fais pas. Remercie le ciel de ne pas habiter au fin fond de la Mandchourie.

— Tu comprends, il n'est pas question que je me couche dans l'herbe comme un animal... À cause des insectes. Ne me regarde pas comme ça. Oui. À cause des insectes. Tu m'excuseras. Je suis désolée. Je suis arachnophobe. Surtout après la tombée de la nuit.

— Sais-tu qu'on ne doit pas manger une mygale si elle n'est pas bien cuite ? »

Élisabeth haussa les épaules. Joffrey regrettait que l'on ne puisse remettre leur véhicule sur ses quatre roues, de sorte que ceux qui le désiraient auraient pu y trouver refuge et un siège confortable – que chacun avait eu le loisir d'expérimenter un peu plus tôt, pour s'en féliciter. Malheureusement, l'engin était presque sur le toit et il aurait fallu davantage qu'une armée de bras cassés pour venir à bout de la manœuvre.

« En tout cas, il fait bon, déclara-t-il. Pensez que nous pourrions nous trouver sous la neige. Or, tenez-vous bien, mais le soir, je cours encore en tee-shirt. Vous imaginez-vous ? Fin novembre ? Courir en tee-shirt fin novembre, dans un pays libre, au climat tempéré ? Nous ne connaissons pas notre bonheur, mes amis. Je le dis et je le répète chaque dimanche : “Regardez les informations. Regardez autour de vous. Ouvrez les yeux. Vous ne connaissez pas votre bonheur.” Je le dis et je le répète. Sachons apprécier notre condition. Nous vivons dans un pays en paix, nous sommes blancs, nous sommes catholiques, nous ne sommes pas malades... À propos, j'ai déposé la demande. J'ai envoyé la lettre ce matin. Attendons la réponse. La mairie appuie ma requête ainsi que l'aumônier de l'établissement que je connais en personne. J'ai donc bon espoir. Courir ne peut lui faire que du bien. Je crois que chacun peut aisément le comprendre. Il y a si longtemps que nous courons ensemble, lui et moi. Oh oui... quand j'y pense. Je crois pouvoir dire que c'est moi qui lui ai transmis le virus, non ?

— Nous le savons bien, mon père, acquiesça Victor.

— S'il s'était montré plus opiniâtre, il aurait fait un coureur d'excellent niveau, sans aucun doute. Mais cela aurait réclamé une discipline que David n'a jamais eue, malheureusement. »

Avec la nuit, cependant, la fraîcheur se faisait sentir et personne n'avait apporté de couverture ou d'anorak pour ce qui n'aurait dû être qu'une promenade en bus climatisé toute simple. Valérie, par exemple, qui portait des minijupes depuis les années soixante, avait la chair de poule et ses cuisses pâles en devenaient repoussantes.

La plupart des autres portait des chemisettes, des polos Lacoste, de longs shorts beiges, des tenues d'été sans manches, et n'avait pas mis de chaussettes. Joffrey les invita à courir autour du feu en attendant que les secours arrivent.

Mais pour finir, ils durent coucher les plus faibles et les plus geignards, les installer tant bien que mal à l'intérieur d'un bus chaviré sur le côté, et ce ne fut pas une mince affaire.

« Que dis-tu de ton nouveau job ? ricana discrètement Irène à l'oreille de Victor tandis que celui-ci reprenait son souffle après avoir casé son énième récalcitrant dans un filet à bagages. Hein, qu'en dis-tu ? Te sens-tu toujours une âme de saint-bernard ?

— Je reconnais que ce n'est pas facile. Je ne t'en admire que davantage. On ne se rend pas compte à quel point l'être humain peut devenir effrayant. À quel point une petite bonne femme de quarante kilos peut devenir monstrueuse. Regarde. Elle m'a mordu. La peau de vache. Mais tu verras, je vais m'aguerrir, laisse-moi un peu de temps. »

Elle ne parvenait pas à lui arracher son masque. Elle savait qu'il en portait un, bien entendu, mais elle ne décelait aucune faille dans l'expression qu'il offrait, aucune trace de son imposture, qu'elle le fixât longuement ou le lorgnât à l'improviste lorsqu'il s'agenouillait à la messe ou jouait les bons Samaritains à l'occasion des réunions paroissiales qu'il fréquentait désormais assidûment.

Cela n'était encore jamais arrivé. Elle avait toujours lu en lui comme dans un livre ouvert, durant les meilleurs comme durant les pires moments. Mais il semblait qu'aujourd'hui Victor eût développé un pouvoir sidérant qui l'empêchait, elle, sa femme, de le percer à jour alors qu'il se livrait à la plus grande supercherie de sa carrière. Alors qu'autrefois, au moindre mensonge, elle faisait sortir de la boue et des crapauds de sa bouche. « Regarde-toi dans la glace, lui lançait-elle, vois ce que je vois. Tu es horrible. » Et ce pauvre Victor en demeurait stupéfait.

Elle l'observait de nouveau, tandis qu'il alimentait le feu avec application, se souriant tranquillement à lui-même. Elle pensa que dès qu'ils rentreraient, elle enfermerait Bradge dans sa chambre s'il le fallait, et se jetterait sur lui sans plus attendre. Elle s'accrocherait à lui. Elle s'agripperait à lui. Elle le forcerait à la prendre – la délivrant du même coup. Elle en ferait son amant de gré ou de force. Il ne fallait plus traîner. Le jeu devenait trop dangereux. Si Victor parvenait à la déborder sur son propre terrain, s'il parvenait à la faire douter, à la convaincre qu'il œuvrait sincèrement au rachat des crimes qu'il avait perpétrés à l'encontre de sa femme, sa résistance à elle pouvait commencer à se fissurer. Elle se connaissait. En épousant cet homme, elle avait accepté d'être enchaînée à lui pour toujours, et bien que cette notion se fût un peu diluée avec le temps et ne trouvât plus guère d'écho aujourd'hui, il en restait tout de même quelque chose. Grandeur et stupidité de la femme. Dès qu'un type découvrait leur point faible, elles étaient fichues.

Lorsqu'il fourrageait les braises au moyen d'une branche qu'il destinait au brasier, des tourbillons d'étincelles enflammées ronflaient dans l'air comme s'il s'agissait d'un impressionnant tour de magie. Il n'aurait plus manqué qu'ils mettent le feu à la forêt tout entière, se disait-elle. Était-il vrai qu'elle l'avait négligé ? Était-il vrai que son rôle de mère avait un peu trop pris le pas sur celui d'épouse ? Cela semblait si gros, si prévisible... et pourtant... sans doute n'aurait-elle jamais dû le laisser revenir. Elle mesurait à présent la part que sa vanité avait prise à cette funeste décision, la certitude crâneuse qu'elle avait opposée à toute mise en garde, fût-elle exprimée par sa mémoire archaïque. Elle se mordit la lèvre.

Édith se demandait parfois ce qu'il fabriquait à ce club de gym. Il était presque onze heures. Elle avait vidé une demi-bouteille de chardonnay. Enfin... très franchement, elle n'était pas sûre de vouloir le savoir. Elle n'avait pas envie de se sentir coupable.

Elle espérait qu'il se protégeait. Si ces choses-là arrivaient, elle espérait qu'il prenait ses précautions.

Elle en était sûre. Marc était un homme d'expérience. Enfin... elle ne voulait pas y penser. Il ne s'agissait que d'une vague possibilité. Rien encore de tangible n'avait éveillé ses soupçons. Elle y pensait comme ça... à cause de ce problème qu'il avait... qui empoisonnait leur vie.

Il en souffrait. Elle savait qu'il en souffrait. Mais il ne fallait pas perdre espoir. Il semblait que la fréquentation des Sexoliques lui fût profitable. Objectivement. Il ne la réveillait plus guère au milieu de la nuit. Il attendait le matin. Et lorsqu'elle était disposée, ça allait, elle n'en faisait pas une montagne. De quelque point de vue qu'on observât la chose, il n'empêche, il s'agissait d'un progrès. Ces réunions lui faisaient du bien. Il la prenait le matin, une ou deux fois dans la journée, puis le soir. Il la laissait dormir toute la nuit. Point. La tempête était contenue. Ils ne naviguaient plus très loin des limites du raisonnable. Le bout du tunnel était en vue. Comme la lune brillant dans le ciel noir – ce que pour lors elle avait sous les yeux, du fond de son fauteuil, son verre de vin frais à la main, dans cette maison, dans sa maison, dans cette parfaite maison.

Elle s'y sentait bien. Elle aimait y être seule. Pas uniquement seule, mais elle aimait la qualité de son silence, très rassurant, très amical. Cela avait pris des mois avant d'apprivoiser les lieux. Les inondations de l'été n'avaient pas facilité l'exercice. Mais il fallait croire que les thérapies extrêmes donnaient de bons résultats. Elle ne faisait pas exception : toute la ville avait flippé. Et elle, sans doute, davantage que n'importe qui – Blaine avait appelé plusieurs fois pour savoir comment elle réagissait... Or voici qu'un matin, à l'aube, par elle ne savait quel improbable miracle, elle avait rejoint la rive opposée sans plus d'encombres qu'un autre – alors qu'autrefois il y aurait eu rougeurs et crise d'eczéma à la clé.

Il n'était pas nécessaire d'épiloguer sur les causes de sa guérison si l'on souhaitait camper sur des positions très féministes. L'important était qu'elle pouvait à présent marcher jusqu'au fleuve, s'avancer jusqu'au bord et compter jusqu'à mille sans partir en courant ou faire un œdème de Quincke en face d'une telle étendue liquide – mystérieuse et sombre à l'envi.

Ce soir-là, Marga recevait. D'étranges silhouettes se glissaient en file indienne dans son salon qu'éclairaient de simples candélabres – mais il ne s'agissait pas d'un geste écologique et leur invraisemblable manège faisait danser la lumière sur les murs. Marga n'avait pas voulu en dire beaucoup sur ce que ça signifiait, jugeant sans doute qu'Édith et elle n'étaient pas encore assez intimes, mais elle avait parlé d'un groupe très uni, très fermé, très porté sur la discrétion, jusqu'au moment où Édith s'était sentie obligée de l'arrêter en lui serrant amicalement le bras, non, Marga, non, s'il te plaît, je ne suis pas officier de police, tu n'as aucune sorte d'explication à me donner, tu es chez toi, ce que tu fais ne me regarde pas, tu es une charmante voisine, c'est grâce à toi si j'ai arrêté de fumer, etc.

Marga l'avait serrée contre sa poitrine pour l'embrasser. Déclarant : « Il est question de ce rituel dans *Le Livre des morts* tibétain. Il est destiné à capter l'énergie. En même temps, il faut se méfier des hyperfréquences. Mais attends, je ne vais pas te barber avec ça. » Et pas un mot de plus.

Elle était folle, bien entendu, mais Édith ne pouvait s'empêcher de la trouver de bonne compagnie, intéressante, intriguante, et même charmante ainsi qu'elle le lui avait déclaré le plus sincèrement du monde. Marc se méfiait d'elle mais ça ne reposait sur rien de solide. L'histoire du chien retrouvé dans l'arbre n'était pas vraiment élucidée et ce qu'elle faisait de ses enfants mort-nés ne regardait personne sinon celle qui les avait portés – et en dehors de ça, il n'y avait rien. Et non seulement il n'y avait rien, mais elle avait patiemment prodigué ses soins à Joël, bénévolement, par pure humanité, tout comme

David lui aussi en avait profité. Il n'était pas difficile de voir de quel côté penchait le fléau de la balance.

La chose un peu drôle était que Marga avait les seins nus – ne demandez pas pourquoi – mais cependant, pour autant qu'Édith le voyait, leur affaire paraissait mortellement sinistre. Il y avait deux Marga Damanti. Il y avait souvent deux personnes en une, quand ce n'était pas trois ou davantage encore. Puis une flamme jaillit de l'obscurité, derrière la haie, et le visage enluminé de Gilbert Damanti apparut soudain tandis qu'il allumait une cigarette – et pour le reste il semblait vêtu d'un vague pyjama froissé et de chaussons style babouches.

Le pauvre peinait à remonter la pente. Un virus l'avait mis à plat et son état ne parvenait guère à s'améliorer. La peau de son visage avait lui d'un éclat cireux. Ses yeux cernés, ses joues creuses, mal rasées, avaient complété le morne tableau, en sorte qu'Édith s'était renfoncée dans les coussins de peur d'être vue – ce qui, eu égard à la pénombre dans laquelle elle-même se trouvait, ne se pouvait pas, tout simplement. Mais son cou, par réflexe, avait disparu entre ses épaules. Il faisait nuit. Elle était seule. Elle préférait rester où elle était.

Elle avait d'autres chats à fouetter. D'autres sujets de préoccupation. Elle venait d'avertir Marc, fermement, que le bureau des pleurs était fermé, qu'elle ne voulait plus rien entendre jusqu'au lendemain matin et elle s'était servi un verre. Ce n'était pas pour s'occuper des Damanti. Sûrement pas pour aller mettre son nez dans les histoires des autres.

Qu'est-ce que Gilbert Damanti fabriquait dans son

jardin, à la nuit tombée, pâle, en pyjama, hirsute, amoindri, comme rejeté, au lieu d'être avec les autres ? Qu'est-ce que ça signifiait ? À force de lui répéter que ses activités ne la regardaient pas, Marga n'en disait plus rien et Édith finissait par n'en plus rien savoir du tout. En fait, ces groupes se comptaient par milliers à travers le pays. Des gens se réunissaient et formaient un groupe. Il n'y avait rien, là, de particulièrement rare. Le moindre voisin de palier pouvait sortir tout droit de l'enfer ou débarquer d'une autre planète et discuter de ça entre copains.

À quoi pensait-il tandis que Marga, les seins nus, se livrait à un rituel ancien dont de toute évidence il était exclu ? – l'affreux rictus qui tordait la bouche de Gilbert Damanti ne permettait aucun doute quant à son interprétation.

On l'avait viré. Il ne voulait pas se lancer dans les détails mais tout venait du fait qu'il était malade et donc déclaré *persona non grata* durant la cérémonie. « J'envahis la maison de mes ions malades, paraît-il. Ma présence a été jugée *hautement* indésirable. »

On l'avait flanqué dehors comme un chien galeux, avait-il confié à Édith, qui s'était décidée à lui apporter une couverture au bout d'un moment. Ainsi qu'un verre de vin. « Mais la vérité, grinça-t-il sans quitter sa femme de l'œil, c'est qu'elle a pris l'ascendant sur les autres. C'est elle qui tient les rênes désormais. Elle n'est plus obligée de partager avec moi.

— Tu fais un régime ? » demanda-t-elle.

Il lui glissa un coup d'œil et se contenta de sourire

amèrement – avant d'être pris d'une quinte de toux qui le secoua et le plia durant plusieurs minutes cependant qu'Édith lui tapait obligeamment dans le dos. Il la remercia, le visage ruisselant de larmes.

Dans le fond du jardin, le drapeau flottait doucement, dans un si faible clair de lune qu'il semblait suspendu dans les airs. « J'ai froid parce que j'ai un peu de fièvre, mais je sens qu'il fait bon, je sens que la nuit est douce. Où est ton copain ? Marc n'est pas là ? » Elle fit le geste de se gonfler un biceps. « J'en faisais, moi aussi, il y a dix ans, déclara-t-il. Puis j'ai tout laissé tomber. La profonde absurdité de tout ça m'est apparue. C'est comme ça que je me suis tourné vers la gymnastique chinoise. »

Les saules frissonnaient légèrement. Édith opina. Un instant son esprit divagua et elle eut la vision de Victor et Irène Sollens, hagards, errants dans une forêt hostile.

Pourquoi pas ? Comme des enfants ? Perdus en forêt ? Finirait-on par tomber sur leurs os blanchis ?

Elle peinait à s'inquiéter pour eux. L'hostilité d'Irène n'avait pas disparu du jour au lendemain et restait tapie comme la braise sous la cendre. « On est sans nouvelles de Victor et d'Irène, déclara-t-elle. Et je ne parviens même pas à m'intéresser au problème. Ça fait peur, non ?

— À qui ?

— Je ne sais pas, je me demande si ça va s'arranger un jour. C'est l'immensité de l'ombre qui fait peur, non ? Qu'on puisse en arriver là fait peur. Voilà ce qui fait peur. De même que notre capacité à l'indifférence. Très étendue, elle aussi.

— Ajoute *heureusement*. Tu peux ajouter *heureusement*. » Disant cela, il fixait sa femme qui venait de se coiffer d'une sorte de couronne métallique sur laquelle étaient branchés de nombreux fils. Il hocha la tête. « Elle est très forte, soupira-t-il, mais elle manque de discipline. Or, à quoi peut bien servir ce qu'on ne peut pas maîtriser, dis-moi un peu. » Il jeta un coup d'œil sur Édith. « Ce truc permet de contrôler l'énergie qu'elle reçoit. En fait qui la *traverse* devrais-je dire, car c'est une vraie passoire. Elle n'a aucune rigueur. C'est dans son tempérament. Mais je ne vais pas passer mon temps à trembler pour elle, non, ne crois pas ça... »

Il paraissait cependant, au premier coup d'œil, le plus mal loti des deux. « Je peux te faire un steak. Tu as envie d'un steak ? Tu n'as pas faim ? Tu as froid ? » Il ne voulait rien. Il voulait rester là, dans l'obscurité, malade, blessé, jusqu'à ce que Marga vienne le chercher et lui permette de réintégrer la maison. Il avait besoin d'un minimum de formes. Question d'amour-propre.

« Écoute, ne reste pas là, lui dit-il. Ce n'est pas nécessaire. En tout cas, merci pour la couverture. Tu sais, je me réjouis de vous avoir pour voisins. Je m'en félicite. Tout le monde n'a pas l'esprit aussi ouvert, malheureusement. »

Elle lui toucha l'épaule avant de tourner les talons. Il faisait pitié. Il n'avait qu'une cinquantaine d'années mais le vieillard qu'il allait devenir se voyait parfaitement, les deux images se superposaient. Les kilos qu'il avait perdus faisaient qu'on lui donnait dix ans de plus. Une nouvelle quinte de toux le secoua encore une fois tandis qu'elle rebroussait chemin. Gilbert Damanti crachait littéralement ses poumons.

Elle rentra au moment où Marc arrivait. Il avait nagé, pour changer. Ses cheveux étaient encore luisants et ses pommettes étaient rouges. « Il fallait que je décompresse », déclara-t-il. Son père et sa mère n'avaient toujours pas réapparu et il se préparait à passer une nuit blanche, la main sur le téléphone.

Elle lui dit qu'elle était désolée mais il la rassura d'un geste péremptoire. Elle n'avait pas besoin d'être désolée. Elle n'avait pas vocation à trouver ses futurs beaux-parents sympathiques. Lui-même les trouvait insupportables. Il posa son sac. Il mourait de faim car il avait nagé pendant plus d'une heure, à un bon rythme. Elle le suivit dans la cuisine. Il avait un suçon dans le cou. Elle lui déclara qu'elle venait de passer un moment avec Gilbert et que celui-ci n'aurait bientôt plus que la peau sur les os.

Il fit une grimace et hocha la tête en battant des œufs. Puis il coupa de la ciboulette. Ses doigts n'étaient pas fripés. « On sait qu'ils sont une bonne vingtaine. Le genre à faire des promenades en bus avec un prêtre. Joffrey est dans le coup, lui aussi. Tu sais, rien de bon ne peut sortir de ça. Pour se perdre avec un navigateur GPS homologué par Mercedes, il faut déjà un bon niveau. » Elle s'approcha pour voir s'il sentait quelque chose, feignant de jeter un œil par-dessus son épaule. « On espère qu'ils ne se sont pas aventurés en forêt, c'est tout ce qu'on espère. Tu veux me dire ce qu'ils seraient allés fabriquer au milieu des bois ? Quand il y a pléthore de jardins, de parcs, des trucs aménagés, sécurisés, banalisés, avec des panneaux, des gardes, des caméras, des pompiers... Qu'est-ce qui a bien pu leur passer par la tête ? Des champignons, tu penses ? »

Au premier abord, il ne sentait rien, mais elle se dressa sur la pointe des pieds et approcha subrepticement son nez de la nuque de Marc. « Les familles sont rassemblées à la mairie. Dans la grande salle. Je crois que je ne peux pas *vraiment* y échapper, non ? Mais j'espère obtenir une assistance psychologique pour la peine. Je compte dessus. »

En fait, l'odeur était forte. Il s'agissait d'une brune, sans doute. Édith recula d'un pas. Tout à fait décontenancée. Tout à fait surprise par l'absolue clarté de la chose. Elle resta sans réaction tandis qu'il versait les œufs mousseux dans la poêle d'un geste souple, s'aidant d'une longue cuiller de bois qu'il porterait bientôt à sa bouche aux différentes étapes de la préparation.

Non qu'elle se montrât indifférente à ce qu'elle venait de découvrir. Mais elle n'était pas d'une jalousie maladive – du moins ne l'était-elle plus depuis qu'elle avait grandi – et la première chose qui lui vint à l'esprit, étonnamment, fut la suivante : *Irène et Victor sont portés disparus, David est chez les fous. Le père, la mère, le frère. Ça commence à devenir très noir pour mon futur époux. Vais-je en rajouter ? Vais-je l'assaillir à mon tour ?* Telles furent ses pensées tandis que Marc lui proposait de partager son omelette qu'il n'osa pas qualifier de bien baveuse. Elle ne devait pas oublier qu'il était malade et qu'il se soignait. Elle déclina son offre de peur d'avoir la gorge un peu trop sèche pour avaler quoi que ce soit. Ce n'était pas réellement comme s'il la trompait. Elle regrettait sincèrement d'apparaître si vieux jeu en évoquant cette notion d'un autre âge, mais le sentiment de trahison existait, le nier ne servait à rien, elle savait le reconnaître quand il plongeait sa lame sous les côtes et remontait vers le cœur. Et là, en l'occurrence, elle ne se sentait pas trompée. Cette partie restait intacte. Aussi miraculeux que ce fût. D'autant qu'elle voulait croire qu'il utilisait des préservatifs. Y avait-il réellement acte sexuel lorsqu'on faisait usage de préservatifs ? Le chemin était rempli de contrebandiers mais aucun ne passait la frontière. De son point de vue à elle – et il suffisait d'examiner la chose au fond de la capote pour comprendre de quoi elle voulait parler.

Elle retourna cependant s'asseoir dans le salon où elle avait laissé son verre et la bouteille de chardonnay. Elle commençait à comprendre pourquoi Irène s'était mise au vermouth.

Une légère ivresse s'avérait toujours bonne à prendre lorsque le sort s'acharnait.

Quand il se pencha de nouveau sur elle, souriant, pour l'embrasser – Olivier De Watt se trouvait déjà sur place avec l'avocat et apparemment la presse, il ne devait pas traîner davantage –, l'odeur de la brune la gifla littéralement, comme il s'inclinait, en sorte qu'elle se raidit sur son siège. Il l'interrogea du regard, mais elle lui donna le change.

Elle entendit la porte claquer, la Mercedes démarrer. Elle demeura immobile. Du dos de la main, elle toucha ses joues. Elle les avait connues plus fraîches.

3.

Une odeur de grillé. De viande grillée. Il régnait un calme relatif. On était loin de dormir à l'intérieur du bus et des oiseaux de nuit criaient. Certains imitaient de lointaines cornes de brume. D'autres une humaine lamentation amoureuse. Victor et Irène se regardèrent, taisant leur querelle silencieuse pour se consacrer au fumet qui flottait dans l'air.

Le feu crépitait, un peu en contrebas du chemin – quel chemin ? –, dans une maigre trouée, surveillé par la même petite bande. Ils n'étaient qu'une demi-douzaine mais on avait là les plus têtus du lot et ce n'était pas la première fois qu'ils démontraient leur incapacité à se tenir tranquilles quand ils avaient une idée en tête. Ils rendaient n'importe quelle sortie plus fatigante qu'elle n'aurait dû l'être. Des personnalités retorses.

Bref, incroyable mais vrai, ils cuisaient le lapin à la broche – une broche rudimentaire mais relativement ingénieuse au regard des faibles moyens dont ils disposaient.

« Mon Dieu ! Mais comment l'ont-ils dépiauté ? »

s'exclama Élisabeth qui les avisait à son tour, une main sur la gorge, sinistrement regroupés devant l'ustensile de fortune qui transperçait le petit animal de part en part.

Cela s'appelait avoir de la suite dans les idées. Une intense satisfaction illuminait leurs traits tandis que les flammes léchaient l'infortuné lapin et répandaient dans l'air un appétissant parfum de barbecue.

Les brutes. Ils auraient pu faire de la figuration dans *Délivrance* tels qu'ils se tenaient là, leurs stupides mimiques, leur look de zombies, Ralph Lauren, leurs corps malingres. Visiblement très fiers d'eux-mêmes, de leur action culottée.

Les trois femmes soupirèrent presque à l'unisson. « Je pense que nous devrions les éliminer du groupe, lâcha Élisabeth. Du moins les écarter de nos sorties. Il suffit qu'il y ait une chose à ne pas faire pour qu'ils la fassent. »

Pendant ce temps, l'odeur de grillade s'étendait dans toutes les directions. Tous, autant qu'ils étaient, avaient normalement déjeuné moins d'une douzaine d'heures plus tôt, sans compter les biscuits, les cakes – dont ils avaient d'ailleurs abandonné une partie, l'estomac gonflé de gâteaux secs, autour du bus, des paquets entiers contre lesquels Élisabeth avait tempêté car ces trucs allaient attirer les bêtes – or, donc logiquement repus, voilà qu'à présent ils s'agitaient pourtant à l'intérieur du bus comme une armée affamée, rappelant ces familles qu'on voyait régulièrement pleurer pour une poignée de riz, d'un bout du monde à l'autre, sans qu'on y change quoi que ce soit, cramponnant un enfant mort de faim dans l'autre.

Joffrey apparut cependant le premier. Il sauta à bas du bus d'un air déterminé, encore en forme pour son âge. La course à pied, qu'après son accident de vélo il ne pratiquait plus, malheureusement, qu'à un faible niveau, le maintenait svelte et encore solide sur ses jambes, en sorte qu'il descendit vers eux à petites foulées, s'arrangeant des racines et des feuilles mortes qui parsemaient son chemin tel un jeune homme.

Il n'accorda de regard à personne. S'avança tout droit vers le feu sans prononcer un mot. Les autres levèrent la tête. Celui qui faisait tourner la broche se figea.

La colère de Joffrey ne se voyait d'aucune manière, mais elle se percevait facilement. Le silence tomba, le feu brilla davantage et enveloppa la scène d'un halo. Sans hésiter, le prêtre s'empara de la broche, arrachant un gémissement de frustration autour de lui. Il les foudroya du regard, puis, brandissant le lapin rôti au-dessus de lui, il gonfla sa poitrine puis ouvrit la bouche pour leur passer un savon, mais rien n'en sortit. Pas une parole, pas un mot.

Victor songea que seule une longue pratique religieuse et certaine aptitude innée à la clémence pouvait mener à une telle maîtrise de soi. Lutter contre sa nature était un combat que très peu engageaient et dont très peu sortaient vainqueurs. L'ascèse devait aider, l'entraînement à la méditation, l'encens, les visions, etc., mais bref, enfin bref, quoi que ce fût, l'intervention de Joffrey se révéla impeccable, à la fois pleine d'autorité et digne, mesurée, parfaitement adaptée à la situation. Dieu avait créé les moutons et les bergers. Bravo.

Quant au lapin, objet de toutes les convoitises, Joffrey le balança de l'autre côté des murailles de l'obscurité avec autant d'ardeur que s'il s'était agi d'une épreuve olympique, provoquant une clameur de protestations et de pleurnicheries autour de lui.

Mais cordialement il les prit par l'épaule et leur distribua de larges sourires en remontant vers le bus, et tout rentra dans l'ordre, car malgré tout ils craignaient Dieu et ses multiples pouvoirs et leur santé était fragile et la forêt autour était sombre. De leur piètre forfait, il ne restait plus dans l'air qu'une odeur de viande grillée – cependant beaucoup moins forte – que les frondaisons engloutissaient et transportaient ailleurs. Victor et Irène étaient assis dans l'herbe. Valérie Ardentropp avait trouvé un extincteur dans le bus et elle comptait s'en servir si des loups approchaient. « Tu es ridicule, marmonna Victor. Il y a longtemps qu'il n'y a plus de loups dans cette forêt. Les derniers qu'on a trouvés sont dans un zoo. » Il couvrit les épaules d'Irène de sa veste. Minuit avait sonné. C'était à se demander s'il s'agissait d'un jour férié ou si les pompiers étaient en grève. Non ? Vivre dans l'un des pays les plus avancés du monde pour en être ainsi réduit au même point, après des heures de naufrage, sans que se manifeste le moindre secours... mieux valait en rire, non ? Souvent, la montagne n'accouchait que d'une minable petite souris.

Il alla remettre du bois dans le feu. Les journaux télévisés gavaient de sauvetages acrobatiques à longueur de journée, mais combien laissait-on sur le bas-côté de la route, combien laissait-on sombrer corps et biens à moins d'une heure du centre-ville, pas même dans une jungle, dans une forêt normale, sans loups, sans serpents, sans crocodiles, combien ? Que de déceptions l'Occident causait par moments. Que de fanfaronnades, souvent. La nuit était noire. La lueur du feu devait s'apercevoir à des kilomètres. Cela devenait grotesque. Tous ces instruments de mesure hautement sophistiqués.

Élisabeth soudain poussa un cri à faire trembler les morts, mais il ne s'agissait que d'un faucheux qui traversait la couverture avec ses quatre paires de longues pattes. À intervalles réguliers, une chouette hululait. « Tu as dit que nous ne passerions pas la nuit ici, fit-elle en se rasseyant avec une grimace méfiante. Je ne suis pas sourde. »

On ne les retrouva qu'au lever du jour, dans un bain de sang. De son côté, Édith avait connu un sommeil agité. Le vin blanc y était pour quelque chose mais imaginer Marc dans les bras d'une autre la faisait presque suffoquer à présent. L'être humain est ainsi fait. Quelques heures plus tôt, elle encaissait le coup avec philosophie, prenait de la hauteur et parvenait à un certain détachement. Mais maintenant, au milieu de la nuit, la tête lui tournait et elle souffrait comme un animal touché par une flèche, elle se roulait en chien de fusil au milieu du matelas et gémissait. Voilà ce qu'il en était.

Elle se releva en entendant Marga qui l'appelait. Elle essuya ses larmes ou Dieu sait quoi et rejoignit cette dernière dans le jardin, laquelle était penchée sur son mari.

Il s'agissait de porter Gilbert jusqu'à sa chambre. Elle l'avait oublié. Les autres étaient partis et ils l'avaient oublié là. « Je peux marcher », grogna-t-il. Il parvint à se lever sur ses jambes. Vacilla. Puis il retomba assis.

Elles le prirent chacune sous un bras. Gilbert boxait à présent dans la catégorie poids plume et ne se révéla pas plus épais qu'un étudiant bossant dans un MacDo ou un ouvrier travaillant à la chaîne. Cinquante kilos maximum. Avec les microbes. Il toussa encore une bonne fois après qu'elles l'eurent déposé dans la chambre. « Tu ne lui donnes pas un sirop ? » demanda Édith.

La nuit était assez claire. Elles redescendirent pour boire une infusion sur la terrasse car non seulement la nuit était claire, mais il faisait bon. Pas étonnant que la banquise fondît quelque part. Beaucoup dormaient encore toutes fenêtres ouvertes. En fait, personne n'aurait préféré être bloqué dans la neige et le blizzard, à choisir.

À ces températures, il fallait craindre les hyperfréquences, expliqua Marga qui avait peur que Gilbert en eût absorbé un peu trop ces derniers temps – pressé qu'il était de la prendre de vitesse et de s'arroger la tête du groupe, et voilà le résultat.

Cette femme portait des talons aiguilles en pleine nuit. Ce ne pouvait pas être une *très* mauvaise femme. Et les infusions qu'elle préparait comptaient parmi les plus exceptionnelles qu'Édith eût jamais bues.

« Imagine une porte. C'est comme si tu ouvrais une porte. Un flot lumineux s'abat sur toi. Et c'est là que ça se complique. C'est là où l'ambition peut jouer des tours. En fait de virus, je crois que Gilbert l'apprend à ses dépens. Son métabolisme n'encaisse pas très bien le choc. Ça arrive, tu sais, il n'est pas le premier. Tu ne peux pas empêcher un homme de vouloir tout dominer. »

Elle se tut. Examina l'horizon, au-delà du fleuve. Du bout du pied, elle poussa une balle vers son énorme chien qui se roula dans l'herbe comme un veau tant son bonheur était grand. « Je peux sans doute faire quelque chose... oui, enfin... peut-être, reprit-elle... je ne te dis pas que je ne peux rien faire.

— Franchement, Marga... ça m'arrangerait beaucoup. Ce serait tellement chic de ta part.

— Oui... je l'ai bien compris... je t'ai parfaitement suivie... c'est que... j'ai confiance en toi, bien sûr...

— Tu peux, Marga. Évidemment. Tu peux avoir confiance en moi.

— Vraiment ? Oui ? Je peux avoir confiance ? Vraiment ? Tu ne vas pas m'attirer d'ennuis ?

— T'attirer des... ? T'attirer des... ? s'exclama Édith en affichant un air totalement incrédule. Pourquoi ferais-je ça ? Nous sommes amies... »

Cette modeste déclaration lui valut un regard serré. Marga estimait que certaines paroles ne devaient pas être prononcées à la légère. L'amitié n'était pas rien. L'amitié *engageait*.

Édith se déclara entièrement d'accord. Elle opina. Rien ne devait fonctionner à sens unique. Et Dieu sait que l'on avait besoin les uns des autres au cours de ce long voyage que nous entreprenions tous. Elle complimenta Marga pour l'infusion – qui n'avait pas le goût de crottin de yack comme l'autre fois mais un goût de lave-vaisselle à la bergamote qui soi-disant favorisait l'ouverture de l'esprit, et aussi bien celles des chakras.

« Tu sais que normalement, je ne devrais pas, reprit Marga après avoir médité un instant au-dessus de sa tasse. Je ne suis pas censée me servir de... je ne suis pas censée utiliser mes... en dehors de certaines circonstances... hum, ça n'a rien de surprenant, si tu réfléchis bien, je ne peux pas vraiment t'expliquer pourquoi mais c'est comme ça... une sorte de déontologie... il y a ce qui se fait et ce qui ne se fait pas... dans chaque catégorie... pour chaque regroupement d'individus... rien n'est écrit, mais...

— Attends, Marga, j'ai totalement conscience que je n'ai pas le droit de te demander ça, comment ai-je pu, pardonne-moi, je suis folle – mais tu es la seule qui puisse m'aider. Je ne sais pas quoi faire. Mon Dieu. Enfin, quoi qu'il en soit, merci, le seul fait de t'en parler m'a fait du bien. Merci. »

Marga se pencha et lui caressa la main. Puis elle lui adressa un bref clin d'œil.

Joffrey et Victor firent le point vers une heure du matin. Désespérant. Pas même un bruit d'hélicoptère dans le lointain. « C'est tellement *stupide* », marmonna Victor. Ces ténèbres qui les encerclaient si *stupidement.* Ce réseau qui passait *au-dessus d'eux* Ce bus retourné, les quatre fers en l'air. Cette paroisse perdue en pleine forêt. Il y avait de quoi désespérer. Franchement. Il ne s'agissait pourtant pas d'un sauvetage en territoire ennemi, d'une poignée de touristes à exfiltrer d'un pays en guerre... mais on ne voyait rien venir, aussi ahurissant que ce fût – peut-être était-ce trop simple, trop facile... c'était ça ?

Il ne servait à rien de déplorer le manque d'ardeur que l'on mettait à leur porter secours. À rien du tout. Mieux valait garder son sang-froid. Utiliser ses forces à bon escient.

Il fut ainsi décidé qu'à l'aube, s'il n'y avait aucun signe d'amélioration dans leur ciel, Victor partirait en direction du soleil levant tandis que Joffrey resterait auprès de ses troupes et prierait. Certes, le plan ne brilllait pas par son originalité, mais rien d'autre ne leur était venu, la situation ne se prêtait pas à quelque stratégie subtile, futée, originale. Il arrivait un moment où l'on ne pouvait plus compter que sur ses propres ressources. Où il ne fallait plus espérer aucune aide. À question élémentaire, réponse élémentaire.

Mais la nuit n'était pas terminée. Chacun avait bien compris que les ténèbres interdisaient toute autre action d'éclat que celle qui consistait à ronger son frein près d'un feu mourant – sous peine de s'attirer de nouveaux ennuis. Élisabeth, la mort dans l'âme, avait fini par se rasseoir – non sans avoir frappé le sol, aplati l'herbe autour d'elle avec la semelle de sa chaussure afin de sécuriser la place. À l'entendre, elle ne risquait cependant pas de fermer un œil, et elle employait un ton qui laissait penser qu'elle tenait Victor, en quelque manière, aussi injuste que ce fût, pour responsable de la situation. Tandis qu'à quelques pas Valérie tirait sur sa mini-jupe et admirait les étoiles en bâillant, l'extincteur en guise d'appui-tête.

Personne n'avait jamais perdu un bus dans une forêt. Aucun pays au monde – pas même un de ces pays sous-développés, fût-il saigné à mort par les fonds de pension occidentaux – ne volait aussi bas. Cela admis, tout allait mieux. Il ne fallait pas s'en faire, finalement. L'inconfort, au pire, d'une nuit passée à la belle étoile, n'allait pas les tuer. Élisabeth poussa un gémissement.

« Tu ne montres pas l'exemple, tu sais, lui dit-il. Je te croyais plus en forme. Tu n'es pourtant pas si vieille, dis donc... Je me souviens de randonnées avec William, excuse-moi mais...

— *Tu veux dire dans les années soixante-dix ?*

— Tu n'étais pas en sucre, en tout cas. Dormir dehors ne te faisait pas peur. Tu ne faisais pas tout ce cirque.

— C'est bien possible. Ça remonte à loin. Mais aujourd'hui, j'ai le droit, non ? J'ai le droit de ne pas vouloir dormir dans une forêt. C'est mon droit, n'est-ce pas ? Si je n'ai pas envie de me coucher sur un tas de feuilles mortes.

— Tu entends Irène se plaindre ? Tu entends Valérie se plaindre ? C'est tout ce que j'ai à dire... Tu m'as entendu me plaindre ? Tu as entendu le père se plaindre ? Tu crois que ça nous amuse ? Tu crois que je suis content de voir dans quel état se trouve ce bus que j'ai payé de ma poche, au prix fort, à un fils qui me méprise, et tu m'entends me plaindre ?... Tu n'as qu'à faire la même chose. Si passer la nuit dans cette forêt constitue ta plus terrible épreuve... eh bien, ma foi, ça ne sera pas mentir que d'affirmer qu'il y a beaucoup d'injustice, ici-bas. »

Le peu de sympathie dont il jouissait auprès de ses deux fils participait de ce sentiment. Être la victime d'une injustice – de l'injustice inhérente à ce monde – mettait un goût amer dans la bouche et ce goût persistait. Nul ne pouvait le nier. Mais est-ce qu'on l'entendait se plaindre ?

Ce qu'il vivait était atroce, ce qu'il vivait faisait un mal de chien, mais se laissait-il aller à pleurnicher ? – et ce n'était pas faute de prendre acte chaque matin, pour couronner le tout, de sa dégringolade vers le néant, dans le miroir de la salle de bains. Il baissa les yeux sur Irène qui elle, de son côté, persistait à penser qu'il jouait la comédie, qu'il était le fourbe de l'histoire, que sa reconversion n'était qu'une farce. Elle se montrait sans pitié avec lui. Elle avait sa veste sur les épaules mais ne cessait pas un seul instant de chercher l'ouverture par laquelle, sans hésiter, elle pourrait enfoncer un poing dans sa poitrine chenue pour lui arracher le cœur.

Mieux valait en avoir de solides. Pour tenir debout. De solides mollets. Des cuisses d'acier. Un homme dans sa situation.

De ce point de vue, les jérémiades d'Élisabeth semblaient extraordinairement dérisoires. Il avait envie de l'assommer. Autour de lui, les mines s'allongeaient et certains s'agitaient à l'intérieur du bus. L'anxiété gagnait un peu, à mesure que la notion de profondeur, appliquée à cette forêt, gagnait en pertinence – le sentiment d'oppression qui s'en dégageait commençait à peser.

Puis il posa les yeux sur Valérie Ardentropp qui prétendait avoir trouvé de la mousse et avait pris position au pied d'un chêne, à l'orée des buissons. Ses cuisses blanches étalées dans l'humus. Quelques jours plus tôt, elle était revenue à la charge avec cette sortie à l'opéra qu'il lui avait promise et cette perspective l'accablait d'ennui. Elle était capable de vouloir une coupe de champagne, *après*. Cette vieille fille. Capable de jouer son va-tout en le poussant dans une ruelle, totalement ivre. Elle avait fait la démonstration de son attachement pour lui et il devait en tenir compte à présent, se méfier de relations extra-professionnelles qui pouvaient dégénérer si un coup de folie la prenait. Au fond, il regrettait de l'avoir baisée, car elle valait de l'or comme secrétaire. Lorsqu'il habitait en ville, elle allait jusqu'à s'occuper de garnir le réfrigérateur, portait ses affaires au pressing, faisait son lit, nettoyait ses rasoirs. Une perle rare. Lui passait ses appels au bord de la piscine.

Le hasard voulut qu'il fût en train de la regarder à ce moment-là. Plus ou moins vaguement. En proie à des sentiments mitigés. Se disant qu'il avait trompé Irène très tôt – dans le sens où ce mot consistait à coucher avec une autre femme. Le nombre d'erreurs que l'on commettait dans une vie s'avérait impressionnant. La propension à l'erreur était-elle génétique ?

Dans son souvenir, Valérie était la première

femme qu'il voyait en minijupe. Il y pensait à chaque fois avec attendrissement, il se souvenait de cette mode qui avait rendu la moitié des hommes à demi fous – de cette mode qui faisait que le simple fait de se balader dans la rue tendait vers le miracle. Toute sa vie, les femmes avaient tourné autour de lui. Il n'avait pas eu besoin d'y penser.

Valérie l'avait accueilli avec des fleurs à l'arrivée d'une course où il s'était montré particulièrement en forme, arrachant une superbe seconde place derrière le champion d'Italie. On voyait son slip. Cette grande fille un peu maigre portait une jupe si courte que l'on voyait son slip sans avoir beaucoup à se baisser. Il n'allait pas dire qu'il n'avait pas aimé. La force du désir qui l'avait attiré vers elle, cependant, n'avait eu d'égal que sa brièveté. Si ses souvenirs étaient bons, il ne l'avait baisée qu'une fois, guère davantage, il avait encore en tête l'image de fourrés, d'un massif de rhododendrons rouges par-dessus lequel ils avaient roulé... et cette mémorable séance était restée gravée dans son esprit, auréolée de surnaturel – un coup inégalable, un pied incompréhensible, réellement. Valérie Ardentropp. La meilleure secrétaire qu'il eût jamais eue. Ses éternelles minijupes. Aujourd'hui encore, Bradge en était la preuve, celles-ci faisaient encore de l'effet. Sur des cuisses qui n'avaient plus la fraîcheur de l'âge pour masquer leur imperfection, elles faisaient encore illusion, possédaient encore un étonnant pouvoir d'attraction – difficile d'imaginer que le type qui avait inventé ça fût homosexuel. Très difficile.

Bradge, quant à lui, imaginait mal comment

Victor avait pu connaître une quelconque félicité avec cette femme, et c'était bien compréhensible. Celle que Victor avait connue n'existait plus depuis longtemps. Bradge en était convenu mais s'était empressé de rompre bien qu'elle se montrât obéissante et ouverte.

Et Victor avait encore à l'esprit l'élan généreux qu'elle avait manifesté à son égard, la chère femme, à la minute où il s'était vu ruiné et pratiquement à la rue. Il n'avait pas fréquemment croisé ce genre d'attitude au long de sa carrière. Il lui rendait hommage. Peu de gens sont prêts à offrir leurs économies. La plupart, au contraire, sont prêts à tuer pour que personne n'y touche. Toutes ses économies en échange d'une soirée à l'opéra qu'il n'avait pas été fichu de lui consentir, quelle infâmie de sa part, se disait-il à présent.

Quoi qu'il en soit, il s'agissait d'un véritable monstre – Victor avait vu les mêmes, en blanc, sur la banquise, assommant des phoques d'un coup de patte, et les dévorant en quelques bouchées, dans un documentaire canadien diffusé sur le câble. Il était terrifiant. Dressé sur ses pattes arrière, écumant, l'animal semblait avoir la taille d'un cheval. Il rugissait. Au-dessus de Valérie. Son pelage noir comme l'anthracite.

D'un coup de patte, il découpa Valérie en trois lanières égales et le hurlement de celle-ci cessa dès l'instant où son sang se mit à arroser le sol autour d'elle sur un rayon de trois mètres. Elle fut la première. Trente secondes plus tard, à l'occasion d'un sauve-qui-peut général en direction du bus, ce fut le tour d'un ancien fleuriste de rejoindre le territoire des morts, l'échine brisée, la tête à demie tranchée, la gorge glougloutante.

À l'intérieur du bus, alerté par les cris, le reste de la troupe s'était posté aux fenêtres et ouvrait des yeux horrifiés au spectacle des survivants qui se hâtaient vers eux avec cet effroyable ours noir à leurs trousses. Et alors le bus bascula. Trop de poids du même côté sans doute, trop de chahut, trop de bonds hystériques... bref, le voici qui chavira et dégringola comme un sac de noix en direction de ceux qui remontaient et qui n'eurent que le temps de s'écarter de son chemin – qu'accompagnaient grincements, clameurs, bruits sourds, bruits de vaisselle brisée, etc.

Il termina sa course au beau milieu du feu. L'ours se chargea de ceux qui avaient été éjectés en cours de route et se relevaient péniblement. Trois paroissiens supplémentaires rendirent bientôt l'âme – l'un fut projeté en l'air et resta accroché à une branche comme une serviette trempée, saigné à mort.

Là, on avait affaire à un ours enragé, à un animal d'une taille et d'une force inhabituelles, dont les yeux sombres luisaient de fureur. Voilà ce qu'il en coûtait. Voilà ce qu'il en coûtait de faire cuire un lapin à la broche, d'abandonner des paquets de gâteaux plus ou moins secs dans l'herbe, du chocolat. N'importe quel campeur du dimanche savait qu'il ne fallait laisser traîner aucune nourriture en forêt. Cette pensée traversa Victor comme il se retournait et prenait la mesure du drame qui se déroulait en contrebas. Essoufflées, Irène et Élisabeth étaient blêmes, grimaçantes. L'animal avait interrompu sa poursuite car de nouvelles proies, sorties du bus, l'intéressaient tout autant et semblaient courir moins vite. Quoi qu'il en soit, l'horreur était à son comble.

Les hurlements fusaient, comme sur les montagnes russes. Certains s'évanouissaient, d'autres dansaient au milieu des braises éparpillées autour du malheureux bus dont l'aspect, à présent, aurait rebuté un ferrailleur du tiers-monde. L'ours tendait son muffle et rugissait de plus belle, épouvantable, les crocs en avant, la gueule luisante, tiraillé entre la poursuite de la petite bande qui lui échappait temporairement, par le haut, et l'éradication du plus grand nombre qui s'ébattait un peu plus bas dans la plus complète hystérie.

Pour une raison quelconque, ces derniers semblèrent plus attirants – et techniquement en position inférieure. Il y avait une très forte odeur de sang dans l'air et l'animal sembla humer la chose et y puiser de nouvelles résolutions. Il prit alors la direction du bus. À la portière duquel venait d'apparaître le père Joffrey.

Ce diable d'homme. Il saignait largement du nez et son bras gauche pendait, mais il sauta du bus, faisant face à l'épouvantable locomotive qui avait clairsemé leurs rangs et qui dévalait vers lui en écumant.

Élisabeth poussa un sanglot qu'elle cacha derrière sa main. Passé la soixantaine, la peau avait tendance à se chiffonner et la plus belle femme du monde pouvait très vite ressembler à un singe si elle fondait en larmes – mais par bonheur, il faisait sombre. Irène la serra dans ses bras avant d'échanger avec Victor un regard désespéré.

Une demi-douzaine de corps jonchaient les lieux. Des gens étaient dévorés par un ours à quelques kilomètres de la ville – pas en Ouzbékistan. Un groupe de paroissiens était décimé à un jet de pierre de la cité, aussi extravagant que ce fût – d'ailleurs qui pouvait le croire, qui pouvait croire ça, on se sentait saisi d'une espèce d'hébétude à l'écoute d'un tel récit, mais les effrayants grognements de l'animal étaient là pour rappeler que le cauchemar était bien réel.

Lorsqu'ils se tournèrent de nouveau en direction de Joffrey, celui-ci était encore debout. Solidement campé sur ses jambes. Ce diable d'homme. De toute sa personne, bien qu'il fût en piteux état et n'eût pas joui d'une constitution exceptionnelle, émanait une résolution inébranlable, une volonté sans faille : faire face, ni plus ni moins. Combattre, si nécessaire. À cet effet, d'ailleurs, il avait saisi un tison enflammé et le brandissait fermement. Faire face.

Une vie passée à lutter contre le Démon aguerrissait. L'ours était furieux. Mais il avait beau hurler de colère et dominer Joffrey de toute sa hauteur, la torche le tenait à distance et la forêt tout entière résonnait de son écumante et abyssale fureur.

Étonnant spectacle. Merveilleux spectacle. Victor était bluffé. Il connaissait Joffrey depuis des décennies mais n'aurait jamais cru que celui-ci fût capable d'une telle bravoure. Étonnant. Cela méritait le plus profond respect. Derrière le prêtre, les flammes commençaient à reprendre autour du bus. Et il y avait du monde à l'intérieur.

Si rien ne se passait, s'ils ne sortaient pas en vitesse, ces gens allaient griller comme de simples côtelettes sur le grill.

L'extincteur se trouvait à mi-chemin, près du corps en morceaux de Valérie Ardentropp – confronté à l'horreur totale, l'homme ordinaire accède bientôt au niveau d'une lumière blanche, très brillante, qui lui vaudra de ne pas s'étrangler, de ne pas se retrouver paralysé par l'insupportable, car enfin cette pauvre femme leur parlait encore quelques minutes auparavant, s'en souvenait-on ? et maintenant c'était *ça* ? c'était cette chose *sanguinolente* et rien d'autre ? Quoi qu'il en soit, l'extincteur était soudain devenu le centre de leur attention, ils le fixaient tous les trois, sourcils froncés, et ils pensaient exactement la même chose.

Personne ne doutait de la volonté de Joffrey, pas le moins du monde, mais il ferraillait moins ferme depuis une minute, et personne n'imaginait qu'à ce régime il tiendrait pendant des heures – et Dieu sait qu'il se défendait bien, gesticulant comme un pantin au bras mort, moulinant, ahanant. Enfin, bref. Qu'est-ce qu'ils risquaient ? Tout bien réfléchi. S'enfoncer dans la forêt n'offrait guère de garanties et l'extincteur pouvait constituer une arme. Le calcul était simple. Ils allaient devoir s'y résoudre.

En bas, l'ours leur tournait le dos – dressé sur son train arrière, noir menhir à la fourrure lustrée, ombre parmi les ombres, il sifflait de rage et, quant à eux, ils étaient blancs de peur et tremblaient jusqu'à la racine de leurs cheveux. À la perspective de retourner auprès du corps mutilé, encore tiède et sans vie de Valérie, Élisabeth refoula un formidable hoquet. Mais ils s'y résolurent – une fois qu'elle se fut reprise et eut hoché la tête pour signifier qu'on pouvait y aller, à la grâce de Dieu !... En file indienne, totalement épouvantés, ils redescendirent prudemment vers le cœur de l'action en restant à l'abri des broussailles, courbés en deux. Et pas un brin d'herbe qui ne fût couvert de sang sur la cinquantaine de mètres qui les séparait de l'engin que leur défunte amie avait compté utiliser contre des loups.

Victor s'en empara. Il faillit le lâcher en constatant que l'ustensile avait abondamment trempé dans le sang de sa secrétaire, mais l'instinct de survie se manifesta aussitôt – et avec d'autant plus de force que la violence de la situation était à son comble. Joffrey vacillait sur ses jambes et sa torche ne semblait plus si menaçante. Dans son dos, les flammes léchaient le bus. Ceux qui n'étaient pas morts ou assommés commençaient à paniquer derrières les vitres – qui par miracle ne s'étaient pas brisées et donnaient l'impression qu'il s'agissait d'un étrange aquarium, habité de créatures assez laides, qu'on aurait placé sur un fourneau. Victor prit une longue inspiration, cala l'engin poisseux sous son bras puis se rabattit promptement dans les fourrés.

Lorsqu'ils ne furent plus qu'à quelques mètres, ils constatèrent à quel point leur ours était effrayant. D'une taille considérable. Noir. Puant. Mais de quelles profondeurs émergeait-il donc, cet animal de cauchemar ? La question était sur toutes les lèvres. La stupeur le disputait à l'angoisse. Les grognements qu'il poussait semblaient monter des entrailles du sol, comme du fond d'une caverne.

Un lance-flammes aurait sans doute été plus utile. Car, à l'instant, l'image de Valérie frappa Victor en pleine poitrine et une rage folle s'empara de lui, de même qu'un profond désir de vengeance. En sorte que sans réfléchir, dans un état second, il s'avança à découvert et braqua le flexible de l'extincteur vers la tête de l'animal qui donnait le sentiment que rien ne pouvait l'abattre, si énorme qu'il était. Il n'y avait plus dans cette forêt, à des kilomètres à la ronde, quelqu'un qui fût capable de prononcer un seul mot, à ce stade. Victor avait le bras qui tremblait mais il ne s'agissait pas d'aller enfiler un fil dans une aiguille, l'exercice ne nécessitait ni absolue précision ni talent particulier. Un parkinsonien à demi aveugle aurait fait l'affaire.

Quoi qu'il en soit, il bénéficia d'un complet effet de surprise. Car tout à son désir d'en finir avec un adversaire qui l'avait mise en rage et donnait à présent de larges signes de faiblesse, l'abominable bête ne l'avait pas vu venir. Si bien que l'effroi changea de camp.

L'ours fit un tel bond en arrière lorsque le jet de neige carbonique l'atteignit en pleine gueule qu'il faillit perdre l'équilibre. Il retomba sur ses quatre pattes tandis que Victor continuait de le repousser, l'aspergeant de CO_2 et l'empêchant de reprendre son souffle. L'extincteur sifflait et crachait – un boucan de tous les diables qui à coup sûr pourrait revendiquer une bonne part de la soudaine débandade de l'animal, lequel semblait avoir trouvé son maître et battait en retraite, terrorisé.

Lorsqu'il constata que l'ennemi prenait la fuite comme si le feu était à ses trousses et atteignait déjà l'endroit où Valérie avait rendu l'âme, où ses morceaux reposaient dans l'herbe, Joffrey abandonna sa torche et poussa un gémissement de défaillance. Les deux femmes se précipitèrent. Victor, quant à lui, avait la bouche encore ouverte et la main qui tenait le flexible ne répondait plus, impossible de déplier les doigts refermés autour du tuyau – et quant au tremblement qui l'agitait encore, il n'était pas le seul à en être affligé.

Il pivota cependant et activa un nouveau jet en direction des flammes qui dansaient autour du bus. Abasourdi. Le feu avait pris de l'autre côté, mais il s'éloignait, dévorant les buissons, s'attaquant déjà aux arbres les plus proches, mais cela, c'était l'affaire des pompiers, il n'y pouvait déjà plus rien.

Joffrey était à la fois rouge de sang et noir de suie. Tenant un mouchoir contre son nez, la tête renversée en arrière, épuisé, le bras certainement cassé, il déclara qu'il fallait rassembler les corps avant que l'animal ne revienne.

Personne ne répondit. Du bus, les plus hardis commençaient à montrer leur nez, visiblement sous le choc, mais Victor n'avait pas retrouvé la force de lever un seul petit doigt pour eux – il n'était pas encore en voie d'être canonisé, certes.

« Victor, mon cher Victor. Vous nous avez sauvés, fit Joffrey qui tâchait déjà de se remettre sur ses jambes comme tout bon serviteur de Dieu qui se respecte.

— Où allez-vous comme ça, mon père ? Regardez dans quel état vous êtes. Allons.

— Vous ne les entendez pas, Victor ? Je les entends gémir dans le bus. Ils ont besoin d'aide. »

Le dévouement absolu. Impressionnant. Cependant que Victor, lui, peinait à maîtriser ses tremblements. Ce qu'ils venaient de vivre n'était pas très bon pour la santé des vieilles personnes. « Est-ce que ça va ? » demanda Irène, voyant qu'il continuait de trembler.

La dernière fois qu'elle lui avait posé cette question devait remonter à une vingtaine d'années, peut-être plus. Il songea qu'il regrettait de ne pas s'être jeté à la tête de l'animal, de ne pas l'avoir combattu au corps à corps, en entendant ça. Il aurait tellement aimé qu'elle lui confectionne une attelle ou tamponne ses blessures. Ô combien la jugeait-il désirable en cet instant, ô combien souffrait-il ne ne plus la posséder.

Elle lui toucha l'épaule. On ne pouvait pas parler d'étreinte, mais on ne tirait pas une montagne avec deux doigts. Une montagne n'avançait pas vite.

Ils étaient trois dans le bus à avoir perdu connaissance. La plupart de ceux qui en descendirent voulurent y remonter en découvrant le macabre tableau qui les attendait, les corps éparpillés ici et là, et jusque dans les branches, les zones aspergées de sang, luisantes.

Le feu disparaissait à présent derrière la crête, mais on l'entendait ronfler. Au moins, ils allaient attirer l'attention, un vrai feu de forêt allait peut-être attirer l'attention de la bande de parfaits nullissimes chargée de diriger les recherches, peut-être fallait-il brûler quelques centaines d'hectares avant qu'ils ne soulèvent une paupière, peut-être qu'il leur fallait ça, au fond, à ces formidables demeurés.

Pendant ce temps-là, les morts attendaient. L'infatigable père Joffrey tenait à le rappeler. Tant qu'ils n'étaient pas rassemblés, à l'abri des fauves qui sévissaient dans le coin, il ne serait pas satisfait. Il fallait préserver l'intégrité des corps.

Du point de vue de la sécurité, l'exercice revêtait un tour hasardeux. En cas de mauvaise rencontre, il faudrait prendre ses jambes à son cou et tâcher d'atteindre le bus... le jeu était dangereux... mais Joffrey refusait d'entrer dans ces considérations. Ce que nous accomplissions ici-bas nous serait rendu au centuple.

Cinq ou six intrépides se détachèrent du lot et on forma promptement plusieurs équipes de récupérateurs qui s'élancèrent pour accomplir leur macabre besogne tandis que l'horizon s'illuminait et partait en fumée.

Bientôt, ils entendirent les bombardiers d'eau. Il y avait quatre morts et quatre blessés graves qui respiraient à peine. Le clair de lune brillait faiblement mais bien assez pour dispenser une lugubre lumière que l'on voyait se refléter sur les carlingues, et qui tout à coup s'irisait dans les trombes d'eau larguées du ciel. Joffrey avait dit une prière pour chacun d'eux tandis que Victor surveillait les parages.

À présent, tout le monde était couvert de sang – il

avait souvent fallu saisir tel frère ou telle sœur à bras-le-corps ou comprimer une blessure qui giclait.

« Je remercie le Ciel de t'avoir épargnée, déclara Victor à Irène tandis que celle-ci inspectait le front de l'incendie, dans le lointain.

— Détrompe-toi. *Rien* ne m'a été épargné.

— Oh, excuse-moi. J'avais oublié. J'adore ces types, les pilotes de bombardier, j'ai la plus profonde estime pour eux. Et ceux qui opèrent de nuit doivent être les meilleurs. Ces types-là sont des as. »

4.

Un peu avant l'aube, tandis qu'une jeune stagiaire blonde, décolorée, d'allure sportive, pénétrait dans le bureau du maire en poussant la porte avec ses fesses, porteuse de énièmes cafés noirs et fumants, De Watt arriva dans son sillage, le front bas, la mine sombre, et annonça qu'on les avait retrouvés et que les secours se trouvaient déjà sur place – et levant les yeux sur Marc Sollens, que ses parents étaient sains et saufs – mais que l'horreur, *l'horreur intégrale*, hum, les attendait là-bas, d'après les rares informations qu'il détenait. Il ajouta qu'il s'agissait visiblement d'un ours. De leur rencontre avec un ours.

« Quoi ? Un ours ? Ils ont rencontré un ours ? fit Marc en fronçant les sourcils. Vous pouvez nous répéter ça, Olivier ? Rencontré... vous voulez dire... *rencontré* ? »

De Watt n'en menait pas large. La lenteur et la parfaite inefficacité dont ses hommes avaient fait preuve durant ces dernières heures ne lui faisaient pas honneur. D'autant qu'une intervention plus rapide aurait sans doute épargné des hectares de forêt – et rien n'était encore très maîtrisé sur ce front-là. Absolument lamentable, il en convenait, mais tout le système avait planté à la suite d'une attaque menée par des hackers, des gamins qui passaient leur temps à emmerder le monde au moyen d'un ordinateur.

« Il y a une demi-douzaine de morts, ajouta-t-il en grimaçant. C'est tout ce que je sais. Un carnage, paraît-il. »

Une véritable histoire de fous. De Watt l'aurait souhaité. Malheureusement, rien n'était plus réel.

Un jour pâle perçait au milieu des bois lorsqu'ils atteignirent le théâtre des événements tragiques qui endeuillaient l'église du père Joffrey, un jour pâle comme du lait d'amande allongé d'eau. Le voyage s'était déroulé dans un silence pesant, puis ils avaient valsé sur les bosses et les ornières des chemins qui s'enfonçaient dans la forêt. L'avocat s'était mordu la langue et avait saigné. Marc s'était cogné la tête. Quelques nappes de brume s'effilochaient sur leur passage, quelques feuilles volaient. Le plus souvent, De Watt baissait les yeux. Le maire fulminait en silence. L'image que tout cela donnait était très mauvaise. Les gens n'allaient pas du tout aimer ça. Les gens aimaient pouvoir se balader tranquille. Ils payaient des impôts pour ça. Pour se sentir en sécurité. « Et on ne se sent pas en sécurité dans une ville où la police ne remue que du vent durant douze heures, Olivier, douze heures durant lesquelles on a le temps de mourir vingt fois, vous me suivez ? »

La police avait-elle du mal à suivre ? Éprouvait-elle quelque difficulté à se mettre au service de la nouvelle équipe ? Vincent Delborde cracha un peu de sang dans son mouchoir tout en fixant le chef de la police en question le plus sérieusement du monde. Est-ce que la police traînait des pieds ?

Olivier De Watt jura qu'il n'en était rien. Bien sûr. Chacun savait qu'ils n'étaient pas nombreux, dans les différents services, à se réjouir d'avoir un maire homosexuel. Quelques blocages étaient apparus, qu'il avait fallu éliminer au prix de quelques tensions. Mais qui voulait la guerre ? Qui voulait *réellement* la guerre ?

Le conducteur, un sympathique sergent aux yeux bleus, pila derrière un camion de pompiers dont les lumières clignotaient à vive allure. Il y avait déjà foule. On s'activait. Les hommes du feu n'étaient pas là pour s'occuper de celui qui échappait à présent à tout contrôle et soulevait dans le lointain un furieux nuage de fumée jaune orangé où plongeaient les bombardiers sans relâche, mais pour apporter les premiers soins aux acteurs de la tragédie qui n'avaient pas rendu l'âme. Il fallait faire attention de ne pas glisser sur le sang qui n'avait pas encore séché et transformait le sol en patinoire. On leur passa le mot. Des fonctionnaires de police prenaient des photos. Une équipe de la télé locale se trouvait déjà à pied d'œuvre. On avait posté des hommes armés en sentinelle. Un hélicoptère survolait les lieux. De Watt ouvrait la marche en direction du bus retourné un peu plus bas et la seule question qui leur venait à l'esprit devant un spectacle de cette qualité était celle-ci : « Mais comment avaient-ils fait leur compte ? Comment avaient-ils fait leur compte, ces *abrutis* ? »

La mort de Valérie Ardentropp laissa Marc sans voix. Ravalant ses sarcasmes, il tendit la main pour saisir celle de sa mère – qui lui sembla molle et froide –, prenant soudain conscience de l'effroyable histoire qu'ils avaient vécue et il baissa la tête. « Sans ton père, nous ne serions pas là », lui lança Joffrey dont on venait de mettre le bras en écharpe et de tamponner le nez avec une sorte de teinture d'arnica jaune safran.

Marc faillit répondre, mais il se contenta de sourire. Il ne haïssait pas Victor au point de souhaiter sa mort. Et Irène était en vie. Alors à quoi bon discuter de *détails* ? Qu'est-ce que ça changeait ? Personne ne l'avait sonné, Joffrey. Il était gentil, Joffrey.

« Un ours de cette taille ? Dans nos régions ? Ça commence à devenir dingue.... déclara un garde forestier qui avait ratissé cette forêt depuis quarante ans. Vous ne trouvez pas que ça devient dingue, hein, franchement ? Comme ce couple de vautours, en ville. Ce fichu couple de vautours sous nos fenêtres. Mais on va où, comme ça, *on va où* ? »

Personne n'avait la réponse. L'aube était à peine levée. Une nacelle descendait de l'hélicoptère. Personne ne savait. Personne ne voulait vraiment savoir. Pour dire la vérité, la dire crûment, ça flanquait trop les jetons. Personne n'avait envie de se dire que l'avenir ne *pouvait plus* être radieux, car ça, pour flanquer le bourdon, on n'avait pas encore trouvé mieux.

Olivier De Watt garda la main d'Irène entre les

siennes et poussa un soupir à fendre l'âme. Il n'y avait pas besoin d'explication. On pouvait facilement lire sur son visage qu'il était désolé pour elle et qu'il estimait que ce devait être dur de voir la mort d'aussi près à quelques mois d'intervale. Il lui proposa de rentrer en hélicoptère mais elle préféra attendre une ambulance. « J'ai tellement eu peur l'autre fois, déclara-t-elle.

— Oui. Je le sais bien. Je suis désolé.

— Ce n'est pas vous, Olivier. Mais si je peux l'éviter... Vous savez, je peux à peine poser un pied dans la cabine d'un téléphérique en temps normal, alors me faire hélitreuiller...

— Allons donc. Je sais quel genre de femme vous êtes. Vous êtes si courageuse, Irène. Vous venez encore de le prouver. Vous êtes tellement solide. »

Les compliments étaient toujours bons à prendre. Ils étaient même les bienvenus de si bon matin, après la nuit atroce qu'ils avaient passée. Elle considéra De Watt un instant et lui décocha un vague sourire. D'un côté, la forêt n'offrait plus qu'un tas de cendres grises, mortellement déprimantes. De l'autre, des oiseaux volaient entre les branches et l'aube transperçait d'abondance le feuillage dont la masse frémissait délicatement à ce frôlement lumineux. Et tout cela rendait perplexe, naturellement.

Victor devenait de plus en plus dangereux. Dans l'après-midi, alors qu'épuisé il s'était assoupi sur la terrasse, elle l'avait observé du salon pour finalement se rendre à l'évidence : elle n'avait plus beaucoup de temps. Il avait marqué des points décisifs au cours de la nuit et elle devait se garder de commettre un péché d'orgueil dont elle ne tarderait pas à subir les conséquences. D'autres avant elle s'étaient crues assez fortes et avaient fini par manger dans la main de celui qu'elles avaient cru dompter. Or, tant que l'homme n'était pas à terre, il fallait se méfier. Le danger persistait. Si elle laissait une porte entrouverte, il allait s'y engouffrer. Si elle commençait à le trouver acceptable, c'était la fin. Il ne ferait d'elle qu'une bouchée.

Elle sortit et alla frapper chez Élisabeth, qui venait d'avaler trois gélules et comptait se coucher tôt afin de tirer un trait sur cette épouvantable nuit. « Si tu veux me parler, dépêche-toi, fit celle-ci en se dirigeant vers sa chambre. Et ne laisse rien allumé derrière toi. Fichtre, j'ai l'impression d'avoir cent ans, telle que tu me vois. »

Elle se laissa tomber sur son lit en poussant un râle d'agonisant. La chambre d'Élisabeth ressemblait à une bonbonnière lumineuse, aux tissus soyeux, assez fortement – au goût d'Irène – parfumée. Le cadre idéal pour aborder certains sujets. Irène prit place près du lit, sur un pouf capitonné, décoré de festons.

« J'aimerais savoir ce que tu penses d'Olivier De Watt. »

Élisabeth se redressa sur un coude.

« Olivier De Watt ? C'est ça, ta question urgente ? Alors que je suis complètement morte.

— Le temps presse. Je crois que je ne vais pas avoir le temps de passer une annonce.

— Écoute, nous venons de vivre la nuit la plus terrible de notre existence. Nous en sortons à peine.

Crois-tu que ce soit le moment ? Faut-il que nous parlions de ça *maintenant* ?

— En tout cas, ça ne te semble pas absurde. C'est déjà ça. Je n'arrête pas d'y penser. Tu sais, je ne peux pas me permettre d'attendre que Bradge se décide. Je n'ai pas besoin de te faire un dessin, n'est-ce pas. Tu n'es pas aveugle. Tu as vu ? Comment lutter ? Joffrey est définitivement passé dans son camp, tu as bien vu. J'ai failli éclater de rire lorsqu'ils se sont donné l'accolade. J'ai cru qu'ils ne voulaient plus se lâcher. C'était si grotesque. »

Au moyen d'une manette ordinaire de télécommande, Élisabeth actionna les volets électriques – plongeant ainsi la chambre dans la douce lumière sucrée qu'elle fit jaillir d'une petite lampe à l'abat-jour ambre qui trônait sur sa table de nuit.

« Tu n'as pas affaire à un débutant. Je te l'accorde. Je te l'accorde *volontiers*. Mais il y a plus grave, pour l'instant. Écoute. Valérie est dans une boîte. Ne l'oublions pas. Nous n'allons pas nous mettre à parler de la pluie et du beau temps quand Valérie se retrouve en petits morceaux dans une boîte. Ça ne se fait pas.

— Tu as raison. Bien sûr. Épouvantable. Je n'arrête pas d'y penser.

— Il est vrai qu'elle nous agaçait, au bout d'un moment, je suis d'accord, mais nous la connaissions depuis si longtemps. Pauvre Valérie. Ça va faire un vide. Quelle mort brutale. Je ne suis pas près de m'en remettre. William l'aimait beaucoup.

— Allons le chercher pour l'enterrement. Qu'en penses-tu ? Je suis prête à t'aider.

— Tu veux savoir ce que je pense d'Olivier De Watt ? La seule chose qui me gêne, c'est que sa femme soit morte d'un cancer. Je sais que c'est de la pure superstition, mais je n'y peux rien.

— De Watt est une bêtise, d'après toi ?

— Ça l'est la plupart du temps, non ? Et les hommes blessés, très peu pour moi. Tu sais, si je les prends jeunes, ce n'est pas par vice. »

Elle bâilla. Les efforts qu'elle accomplissait pour garder les yeux ouverts forçaient la sympathie. Rien ne valait parfois ces merveilleuses pilules. Rien ne valait le sommeil, fût-il comateux, lorsque l'on prenait conscience du monde dans lequel on vivait. En revanche, Irène se sentait *extrêmement* éveillée. D'ailleurs le soir tombait à peine. *Extrêmement* éveillée.

L'adrénaline coulait encore dans ses veines. Plus elle attendrait, se disait-elle, et plus elle aurait du mal, plus elle risquait de capituler. Non seulement elle n'allait plus être en sécurité chez elle, mais la maison allait devenir le pire endroit du monde. Celui de tous les dangers. Elle préférait ne pas y penser. Elle allait finir comme la chèvre de M. Seguin si elle tergiversait davantage... et voilà qu'Olivier De Watt l'avait draguée, ouvertement draguée... il y avait là de quoi la tenir éveillée, ne fût-ce qu'épiloguer sur l'arrivée de celui-ci au moment opportun. Renversant. La coïncidence des situations. En voilà un qui tombait à pic. Ne fallait-il pas y voir un signe ? Elle observa Élisabeth qui fermait les yeux et dodelinait de la tête dans ses coussins. Comment aurait-elle pu dormir elle-même ? Dieu lui envoyait une arme pour se défendre. Difficile de s'y tromper. Dieu lui envoyait une arme pour se défendre. Un instant, l'idée la traversa de retourner à l'église pour prier mais elle n'était pas bien sûre d'y trouver la paix et le calme qu'elle escomptait vu les circonstances, et elle se ravisa.

Elle sortit et traversa le jardin d'Élisabeth pour retourner chez elle. Le soir tombait, le ciel flamboyait. Il n'y avait pas d'autre solution. C'était ça ou disparaître.

D'un peu plus loin, Marc les avait considérés d'un drôle d'air. Comme si les ennuis qu'elle se préparait à connaître avec Victor ne suffisaient pas.

Des hélicoptères tournaient encore dans le ciel et de lourdes fumées baignaient encore l'horizon – le ballet des bombardiers se poursuivait dans le lointain. Josianne et Géraldine admiraient le spectacle avant d'entrer. Géraldine se demandait si c'était le feu ou le soleil qui se couchait, mais sa mère ne répondit rien.

Chacun avait ses problèmes. Et ceux de Josianne, Irène en convenait, ne prêtaient pas à sourire, mais la jeune femme affichait désormais en permanence un air maussade qui ne présageait rien de bon. Chaque fois qu'elle rendait visite à David – à savoir presque tous les jours – elle rentrait abattue, déprimée, la mine sombre, et bien souvent sans la moindre force. Si Irène n'avait pas été là pour y remédier, la fillette se serait sans doute couchée le ventre vide plus souvent qu'à son tour.

« Est-ce que tout va bien ? » demanda Irène. Josianne haussa les épaules. À présent, elle soupirait en silence. « Nous nous sommes disputés, aujourd'hui », répondit-elle.

Bien sûr qu'ils s'étaient disputés. Bien sûr que le priver des visites d'Édith constituait une erreur de taille. Ne le lui avait-elle pas dit ? Ne lui avait-elle pas dit qu'en chaque homme persistait une part de folie pure, aussi minime soit-elle, et qu'il ne servait à rien de la combattre ? Ne lui avait-elle pas dit qu'elle devait certes s'inquiéter, car Édith avait largement prouvé de quoi elle était capable, mais qu'elle devait agir avec circonspection sous peine d'être aspirée dans leur petit vortex de frénésie pure dont aucune honnête femme ne pouvait sortir indemne ? « Ils portent ça en eux, Josie. Quelque chose que l'on ne peut atteindre. Ce qui ne les élève pas bien sûr. Ne me fais pas dire ce que je n'ai pas dit. Mais je connais mon fils. Tu dois te montrer à la fois souple et ferme. Je sais. Je sais que ce n'est pas facile. Mais c'est son amour de jeunesse. Enfin, c'est aussi bête que ça. Tu as été amoureuse. Qui ne l'a pas été ? Tu sais comme on peut être stupide avec ça. Sauf que c'était il y a vingt ans. C'est beaucoup, vingt ans. Souple et ferme. Sois souple et ferme. Voilà la clé. »

De l'autre côté de la baie, sur la terrasse, Victor poussa une sorte de mugissement dans son sommeil. Elle le considéra un instant puis reprit : « Méfie-toi d'elle, cependant. Tu sais, il s'agit d'une personne un peu particulière. Je pense que tu l'as compris. En tout cas, je ne peux pas te dire du bien d'une fille dont j'ai mille fois souhaité la mort... tu t'en doutes... Même si aujourd'hui tout est rentré dans l'ordre, je ne pense pas m'en faire une très grande amie au cours des cent cinquante années qui viennent... »

Elles regardèrent Géraldine. Puis se regardèrent. Mais le courage manquait un peu de part et d'autre, ce soir-là. On la laissa commander une pizza et s'installer devant la télé – à condition de baisser le son – tandis que la nuit prenait son tour. Elles se servirent un verre.

« Quand je pense à ce qui vous est arrivé, quand j'y pense, fit Josianne. Et je suis là avec mes histoires, Irène. Je suis là alors que vous.... »

Irène l'arrêta d'un geste. Tout allait bien. L'expérience avait été terrifiante et douloureuse mais elle s'en était relativement bien remise et espérait même l'oublier assez vite.

« C'est ce que j'admire chez vous, Irène. Votre force. Vous êtes tellement forte.

— Ils m'ont donné des choses pour me relaxer.

— Sans doute, mais la plupart des autres sont choqués. Tandis que vous...

— Oh ! mais ça c'est un état normal chez moi... Depuis de longues années. Tu n'imagines pas tout ce qu'ils m'ont fait. Qu'est-ce qu'une bête sauvage comparée à n'importe lequel de ces trois-là, sérieusement ? Tu as de la chance. Le tien n'est pas le pire des trois... En fait, je pense que c'est moi qui ai tiré le plus mauvais lot. Si je n'avais pas eu le cœur solide, je ne serais plus là pour t'en parler, bien entendu. »

Juste comme elle terminait sa phrase, Victor se leva et traversa le salon d'un pas hésitant après leur avoir adressé un petit signe aimable et fatigué. Irène le suivit des yeux. Il avait également sa démarche raide, le bassin d'un seul bloc, remarqua-t-elle, signe que son dos se trouvait dans une phase intermédiaire de blocage et menaçait de le poignarder. Il hésita devant l'escalier. Elle se souvenait d'un jour où elle l'avait trouvé en larmes, sur la troisième marche. Pétrifié de douleur. Incapable de prononcer un son. Elle détourna vivement les yeux.

« Olivier De Watt lui aussi pense que je suis forte, soupira-t-elle. Vous vous êtes donné le mot, je suppose ? »

Ce n'était pas une question. Elle en profita pour tendre son verre avant qu'il ne fût vide – espérant que Victor ne serait plus là lorsqu'elle se retournerait. Elle l'avait bien assez vu pour aujourd'hui. Elle ne savait pas si elle était forte, mais elle mettrait tout ce qu'il y avait en elle au service de ce combat. Elle n'allait pas baisser la tête. Elle n'allait pas se laisser troubler. Au terme de la relation sexuelle qu'ils avaient eue le mois dernier – elle s'en voulait d'être aussi faible –, elle s'était presque endormie dans ses bras. Elle savait très bien de quoi elle parlait. Elle savait très bien que la prière ne suffirait pas. Mises bout à bout, ses prières auraient pu aller de la Terre à la Lune, mais elles n'avaient jamais fait reculer Victor d'un seul pas et il se trouvait tout près d'elle à présent, beaucoup trop près. Il fallait donc agir.

« J'ai longuement repensé aux conversations que nous avons eues, figure-toi. Et j'ai découvert que je n'étais pas morte.

— Bien sûr que vous n'êtes pas morte. Irène, bien

sûr que vous n'êtes pas morte. Bien sûr que non. En voilà, une idée.

— J'ai cru qu'il m'avait tuée, mais je ne suis pas morte. Je l'ai nettement senti, ce matin encore, lorsque Olivier, Olivier De Watt, a refermé ses mains sur les miennes. J'ai senti, comment dire, un courant. Un fourmillement. »

Josianne opina. Il ne pouvait y avoir de meilleure preuve, d'après elle. Le feu aux joues constituait aussi un bon indicateur. En général, le reste suivait. Mais elle ne nourrissait absolument aucune crainte concernant Irène, concernant la capacité d'Irène à capter certains signaux naturels ainsi qu'à y répondre. Sans doute avoir soixante-trois ans n'était-il pas très réjouissant en soi, mais beaucoup s'en sortaient très bien. Il suffisait aujourd'hui de le vouloir et d'en avoir les moyens pour franchir le cap de la soixantaine avec un insolent sourire aux lèvres et très peu de cheveux blancs. Irène Sollens, bien entendu, de satisfaction ne souriait pas tous les jours, mais qu'elle éveillât cependant sans peine la concupiscence de nombreux hommes ne faisait aucun doute. Bradge lui prescrivait également des hormones.

« Ce n'est qu'une simple question de courage, déclara Irène. Je dois lui faire face, tu comprends ? Il suffit que je rassemble assez de courage. Et je vais le faire. Je te jure que je vais le faire. Excuse-moi, je ne devrais pas jurer, mais je ne reviendrai pas en arrière, Josie. Je vais prendre Olivier pour amant. Voilà ce que je vais faire. Je vais prendre Olivier pour amant et on verra bien. Puisse Dieu me pardonner. Puisse-t-Il considérer ma décision avec bienveillance. »

La lueur de l'incendie palpitait dans le lointain comme un cœur brisé dans une grotte sous-marine. Elles étaient à présent installées sur des transats et Irène, après avoir considéré sa bru, avançait que dans un futur proche, patience, patience.... David lui-même serait là, dans le cadre d'une de ses sorties surveillées, prenant l'air en leur compagnie. Mais oui. Le plus dur semblait passé. Josianne devait garder confiance. Quelques minutes plus tard, celle-ci versait de vraies larmes contre l'épaule d'Irène qui n'en pouvait mais.

Marc raconta toute l'histoire à Édith. Toute cette incroyable histoire qui s'était terminée en horrible tragédie. Il lui décrivit le tableau, les bois aspergés de sang, la forêt incendiée, les survivants blancs comme des morts. Il s'arrêtait de temps en temps pour demander comment c'était possible, comment une telle chose avait pu leur arriver. Édith n'avait pas la réponse. Elle n'avait pas bien dormi. Elle attendit cependant qu'il en finisse avec la délirante aventure de ses parents attaqués par un ours et proprement mis en pièces. Elle avait à lui parler.

Pas de l'odeur de cette femme qu'elle avait sentie sur lui. Elle n'avait pas l'intention de lui faire une scène à ce sujet. Marc était malade. Il allait se soigner. Elle espérait que tout cela serait bientôt oublié. Grâce à la méthode des Douze Étapes et des Douze Traditions. À laquelle elle croyait fermement. Tous les renseignements qu'elle avait pu glaner autour d'elle, à propos des Sexoliques Anonymes, étaient encourageants, les résultats étaient bons, les témoignages éloquents abondaient sur différents sites. Et il ne faisait aucun doute que Marc serait de ceux qui s'en sortiraient, que Marc serait sans peine de cette large majorité dont l'organisation annonçait la réussite, car il avait toujours fait partie des premiers. Elle ne doutait pas de lui. Elle ne doutait pas des Douze Étapes et des Douze Traditions.

Elle avait l'intention de lui parler de cet imbécile de Roberto. Le plus tôt serait le mieux, ainsi en avait-elle décidé au terme de sa troisième insomnie de la nuit – le chardonnay, sans doute. Il ne fallait pas prendre le risque d'un accidentel et soudain nez-à-nez entre les parties, se disait-elle. D'autant qu'il était sans doute le seul à pouvoir parler à Catherine. Catherine qui allait littéralement exploser, à n'en pas douter. Une heure plus tôt dans la pénombre de la chambre, tandis qu'elle écoutait le fabuleux *Wonder Show* de Wendy McNeill, des images lui étaient revenues. Étonnamment brillantes pour ce qu'il avait toujours été convenu de nommer les années maudites, dans le cercle familial. La musique aidait. Wendy McNeill était une vraie bénédiction, par ces temps – au point qu'Édith avait décidé d'écrire un papier sur elle et de se faire envoyer les autres albums – en vitesse, le plus rapidement possible – cependant qu'un rayon de lune pâle éclairait son lit.

Elle avait à lui parler, donc. De Sonia et de Roberto. De cette, hum, contrariante affaire entre, hum, leur fille et, hum, Roberto – mais aucun mot ne sortit de sa bouche. Elle l'entraîna vers le jardin, pensant que le plein air serait plus approprié – s'il devait se mettre à hurler, par exemple, ou s'en prendre au mobilier.

Roberto. Leur copain. Leur vieux copain. Elle conduisit Marc à la table du jardin et lui déclara : « Je reviens. Je vais te chercher un verre.

— Tu as vu l'heure ? Mais tu as raison. Bonne idée. J'ai besoin d'un coup de fouet. »

Marc avait parfois un sourire si irrésistible qu'on avait envie de se frotter les yeux. En fait, elle les baissa. Puis elle tourna vivement les talons, se rendant compte à quel point l'épreuve allait se révéler difficile.

Sonia méritait d'être félicitée. Ses relations avec son père allaient subir une certaine accélération. Et Édith savait très bien qu'elle-même n'avait rien de bon à y gagner, qu'elle en ferait les frais au passage. Puisqu'elle était sa mère – que Marc y fît ou non ouvertement allusion. Elle se demanda si elle devait lui annoncer qu'elle avait découvert le matériel pornographique entreposé au sous-sol – découverte qui remontait à quelques mois, cela dit, et qu'elle avait examinée d'un œil maussade – ou bien l'entraîner dans la chambre et employer ce bon vieux moyen de pression absolument déloyal.

Marc était engagé sur de nombreux fronts, indéniablement, et cette dispersion pouvait jouer en leur faveur, estimait-elle en observant celui-ci de la cuisine, sa mine à demi défaite, éprouvée par les événements de la nuit – au cours de laquelle il n'avait pas fermé l'œil –, rendant grâce à l'air frais du matin, s'étirant dans sa parfaite lumière dorée, ouvrant puis refermant les poings, bras tendus.

Elle retourna près de lui. Elle se racla un peu la gorge. Elle aurait donné cher pour être ailleurs. Elle prit une profonde inspiration. Puis elle lui annonça qu'une drôle de chose s'était produite. Et qu'il allait devoir faire preuve d'ouverture d'esprit. Surtout lorsqu'il s'agissait d'un ami – et elle le vit pâlir au même instant, comme saisi d'une sombre prémonition, mais elle alla jusqu'au bout. Elle relata brièvement la chose, en regardant ailleurs.

En quelques secondes, Marc se transforma en pur vieillard. Son corps se recroquevilla et son teint vira au gris. Édith lui posa une main sur l'épaule – qu'il avait suffisamment musculeuse, d'ordinaire, mais venait de prendre la consistance de la saucisse. Elle avait apporté la bouteille, en sorte qu'elle put lui remplir son verre.

Il le porta en tremblant à ses lèvres. Pourtant, le vent soufflait à peine. Puis il le vida d'un trait : « J'ai mis un moment, moi aussi... à... à assimiler cette histoire, lui dit-elle. Je sais que c'est surprenant. Je t'avoue que je ne m'y attendais pas. Mais réfléchissons une minute... »

Il l'arrêta de la main. Il la fixa en hochant la tête. Cela signifiait, entre autres, qu'il ne voulait pas y réfléchir. *Surtout pas. Surtout pas.* Mais il resta assis. Il ne s'était pas levé en renversant sa chaise, pas plus qu'il n'avait poussé un quelconque hurlement de rage. Puis il se dégonfla encore davantage sous le poids qui comprimait sa poitrine. Que son menton bientôt toucha.

Édith se rapprocha et lui caressa les cheveux tandis qu'il restait accoudé à la table, le souffle court, aussi raide qu'un électrocuté. « Ils vont avoir besoin de toi, ajouta-t-elle. Il va falloir que tu parles à Catherine. Pense que Sonia est ta fille. Je t'en prie... évitons une nouvelle catastrophe, tu veux bien ? »

Il ferma les yeux. Il se prépara, alerté par une sorte d'instinct, à ressentir les secousses d'un de ces tremblements de terre fréquents dans la région, mais rien ne se passa. Il serra son front contre le ventre d'Édith. « Ça peut attendre demain ? interrogea-t-il sur un ton amer. Ça ne peut pas attendre jusqu'à demain ? En tout cas, je l'espère. Parce que là, pour le moment, je ne suis même pas sûr de pouvoir me relever de ma chaise. »

Elle le garda une minute contre elle, se laissant flotter dans le matin paisible. Chaque seconde qui passait était une remontée à l'air libre. Chaque seconde rendait plus léger. Chaque instant éloignait du cœur de l'orage.

Elle lui conseilla d'appeler Béa pour la prévenir qu'il ne viendrait pas, car le mieux qu'il avait à faire, d'après elle, était d'aller se coucher. Ne se coucher qu'après le lever du jour avait été leur religion, autrefois, remarqua-t-elle tout en l'aidant à se mettre sur ses jambes.

« Ne pas se coucher du tout était encore mieux, fit-il avec un pâle sourire. Souviens-toi. »

Il s'arrêta devant le canapé du salon. Le canapé allait être suffisant, déclara-t-il, car il ne comptait pas s'accorder davantage qu'un somme. Comme elle se sentait très prévenante envers un homme de si bonne composition, elle décida qu'il lui fallait une couverture. Il en profita pour appeler Béa, lui expliqua la situation. Celle-ci faillit tomber de son siège lorsqu'elle comprit que cette épouvantable histoire d'ours enragé dont les journaux parlaient sans arrêt depuis le matin était celle qu'il était en train de lui raconter, celle dont Victor et Irène Sollens avaient été les malheureux acteurs.

« Oh mon Dieu ! Oh, mon Dieu ! » psalmodiait-elle à l'autre bout du fil.

Il ricana. « Et à mon retour, qu'est-ce que j'apprends, Béa ? Qu'est-ce que j'apprends ? J'apprends que Roberto couche avec ma fille.

— ...

— Vous êtes là, Béa ? Vous ne dites rien ?

— Oh mon Dieu ! Oh mon Dieu ! » reprit-elle.

Il rouvrit un œil vers midi, dans une maison silencieuse et ensoleillée. Sur le coup, il se sentit en forme, puis la cinglante énormité de l'acte dont Roberto s'était rendu coupable lui revint à l'esprit et l'assombrit. Il commença par avaler un verre d'eau.

Tandis qu'il donnait un coup de fer à son pantalon, il eut tout le loisir de mesurer le ressentiment que Roberto avait fait naître en lui. Et qui ne serait pas facile à résorber, quoi qu'il arrivât par la suite. Un énorme ressentiment. L'enfant de salaud. Y penser coupait le souffle. Le degré d'ouverture d'esprit qu'on attendait de lui était ahurissant. Roberto et Sonia. Il n'avait jamais entendu dire qu'un tel degré existait.

On ne baisait pas la fille de son meilleur ami. Cette loi n'avait pas besoin d'être écrite. Et Roberto la connaissait.

On ne baisait pas la fille de son meilleur ami parce

qu'on ne vivait pas au milieu de la jungle, un point c'est tout. Chez les sauvages. Tout n'était pas mauvais, dans la civilisation. Il ne fallait pas se croire trop malin.

Il fulmina un moment. Puis il appela Catherine Da Silva et ils prirent rendez-vous pour le soir même. Juste après, il reçut un appel de Sylvie, la petite amie de Paul. La jeune femme était totalement hystérique au bout du fil. Paul venait, semblait-il, de l'appeler d'un hôtel, d'une chambre où il était en train d'agoniser. Marc lui demanda de se calmer. Personne n'était en train d'agoniser. Elle lui hurla de plus belle à l'oreille.

Il devenait trop bon. S'il continuait dans cette voie, il allait perdre sa propre estime. Elles allaient s'échanger son numéro de téléphone. Le dévorer vivant. Quoi qu'il en soit, il enfila son pantalon encore tiède, envoya un signe à Marga Damanti qui l'observait de sa fenêtre comme il sortait et marchait vers son coupé qu'il fit bientôt vrombir.

Il suffisait que la première cinglée venue l'appelle au secours.

Il n'avait pas revu Paul depuis leur entrevue dans ce même hôtel – de seconde zone, où flottait cette vague odeur de fiente – quelques jours plus tôt, et quant à lui ce même Paul pouvait bien rendre son dernier souffle, en ce moment même, à l'hôtel ou chez lui, ou au diable, il n'en avait strictement rien à foutre. Il n'éprouvait rien. Il fallait dire les choses comme elles étaient. Il ne fallait pas avoir peur de dire les choses. Oh ! sans doute y avait-il d'autres manières de les exprimer, ces choses, mais elles n'étaient pas assez fortes.

La question d'argent n'avait pas été réglée entre eux. La question d'avoir été le mari d'Édith durant les vingt dernières années n'avait pas été réglée. Cela ne pouvait pas en faire les meilleurs amis du monde, bien entendu. Mais cette fille lui avait hurlé si fort dans les oreilles qu'il avait fini par lui donner satisfaction. Difficile de penser à cette fille sans avoir une érection, entre parenthèses.

Il se gara sur le parking désert que bordaient de vieux palmiers. Les affaires de l'hôtel ne semblaient pas florissantes, la peinture s'écaillait sur la façade de style andalou et la livrée du portier luisait comme de la soie.

Cette fois, Paul avait loué un bungalow. Car il comptait la faire venir, lui avait-elle expliqué, dès qu'il aurait l'argent.

« Rien n'est meilleur que de prendre du bon temps avec l'argent des autres, avait ricané Marc. Tout semble meilleur marché. »

Il était le seul numéro qu'elle avait pensé à appeler. Elle ne connaissait personne en ville, à part lui. Il devenait vraiment trop bon. Elle avait eu, aussi, de vrais accents de sincérité et il avait senti à quel point la pauvre fille était angoissée.

Il avait donc promis d'aller jeter un coup d'œil – ayant l'intention d'en profiter pour faire le point avec l'homme qui perdait ses dents et qui agonisait, à l'entendre – ce con. Paul avait toujours eu un côté pleurnichard. Lorsqu'ils avaient fait courir le bruit qu'il était le champion de l'éjaculation précoce, Paul avait traîné des pieds durant des mois, comme un misérable et, à la rentrée suivante, il s'était tenu à l'écart de toutes leurs soirées jusqu'au printemps.

Le bungalow se trouvait de l'autre côté de la volière, près d'un petit plan d'eau qui stagnait, envahi par une vaporeuse algue verte. De ridicules petites allées avaient été tracées au milieu d'une stupide petite jungle luxuriante. Personne n'était payé pour ramasser les feuilles mortes ni les déjections d'animaux, apparemment. Mais au moins, l'endroit était calme. Marc n'avait vu personne à la réception. En route, il avait écouté un album du Professeur Inlassable, si bien que son humeur s'était radoucie. Encore une trouvaille d'Édith. Les types volaient haut.

Penser à Édith lui fit penser à Sonia. Il y avait des eucalyptus, également une piscine, mais l'eau n'était pas si claire qu'on l'aurait souhaité. Les barreaux de l'échelle ne se trouvaient plus qu'à une saison, à peine, de la rouille intégrale. Il y avait un robot mort, du moins immobile, dans le fond. Sa fille baisait avec Roberto. Ça ne lui plaisait pas. Il connaissait Roberto, alors ça ne lui plaisait pas. N'allons pas chercher plus loin. Ça ne plaisait à personne, d'ailleurs, hormis aux intéressés. Le sexolique qu'il était ne pouvait pas prendre l'affaire de haut. N'importe quel père à peu près normalement constitué ne l'avalait qu'avec difficulté. Les sexoliques, quant à eux, étaient transpercés d'un fer rouge pour leur peine.

Catherine allait sans doute poser un problème. Des flammes allaient jaillir de ses yeux, de son nez, de ses oreilles. Le contentieux était lourd. Il ne s'estimait pas totalement sûr de pouvoir la contenir. Personne en ville n'aurait pu donner ce genre d'assurance.

Le bungalow de Paul apparut au détour d'un rideau de bambous silencieux – les cris des perroquets semblaient appartenir à un autre espace. La petite bâtisse était peinte couleur crème. Défraîchie était le mot. Comme le reste. Paul avait choisi un endroit qui lui ressemblait. Avec ce léger parfum de moisissure. Théoriquement, il était en train d'y rendre l'âme.

Marc frappa brièvement à la porte. Ensuite, quand il appliqua son oreille sur le panneau, il n'entendit rien. Bientôt, songea Marc en jetant un coup d'œil autour de lui, bientôt il faudra une machette pour parvenir jusqu'ici. Il frappa de nouveau.

En fait, Paul ne venait pas ouvrir car il était affaissé dans la minuscule salle de bains attenante à la chambre, recroquevillé sur un linoléum bas de gamme imitant le marbre.

Il transpirait abondamment. Son teint était verdâtre. Ses lèvres se tordaient sur des mots inaudibles ou de sordides grimaces privées de son. Il s'accrocha au pantalon de Marc.

Allons bon. Marc n'avait pas cru sérieusement une seconde que Paul fût en train d'agoniser, mais c'était pourtant ce qu'il faisait. Sans y entendre grand-chose en matière d'agonie, on ne pouvait guère se tromper sur la sinistre lueur qui flottait dans son regard, n'importe quel être humain pouvait la reconnaître.

Marc le tira par les épaules et le hissa sur le lit en

détournant la tête car Paul avait une haleine absolument atroce. Une forte fièvre le terrassait. Avait-il mangé des huîtres ou des moules ou une conserve avariée, un plat dont la chaîne du froid n'aurait pas été respectée, ou de la viande crue ? Paul fit « non » de la tête, les yeux écarquillés par l'effroi et l'incompréhension.

Il semblait avoir été frappé par la foudre. Marc le considéra durant quelques instants puis il appela Josianne et lui commanda une ambulance. « Tu connais Josianne, la femme de David ? fit Marc en raccrochant. Figure-toi qu'elle est infirmière. C'est toujours bien de connaître une infirmière. C'est comme de connaître un banquier. »

5.

Le soleil inondait le parc. David s'était pris la tête entre les mains. Lorsqu'il se redressa, un voile de sueur froide se déposa sur son front. Il valait mieux rester enfermé, se disait-il. Non, mais sérieusement. Cette avalanche d'événements détestables – bien que par chance l'on ne comptât pas Irène et Victor au nombre des victimes, de ce côté-là — virait à la malédiction. En tout cas, il restait sans voix.

« Et ce soir..., poursuivit Marc qui allait et venait devant le banc où son frère s'était laissé choir, ce soir je vais mettre Catherine au courant et crois-moi, j'aimerais bien pouvoir échanger ma place avec, disons... en tout cas j'appréhende. J'appréhende. Car comment espérer lui faire avaler *ça* ? Et comment éviter que la chose ne nous retombe dessus sous prétexte que nous avons laissé se réaliser, je l'entends d'ici, pas toi ?... se réaliser une telle infamie, une telle...

— Note qu'elle n'a pas tort.

— Oh ! arrête. Tu n'y connais rien, alors arrête. Elle a vingt ans, okay ?

— Et le dentiste, alors, pourquoi, quelle différence ?

— Ça n'a rien à voir. À l'époque, je ne savais pas qu'elle était ma fille. S'il te plaît. J'en avais simplement parlé à Joël... c'est tout... mais aujourd'hui ?... Comment aurais-je pu deviner ? Comment deviner que le coup viendrait de l'intérieur ? Tu aurais fait mieux, peut-être ? Tu aurais eu Roberto à l'œil, j'imagine ? »

Marc avait trouvé des donuts en traversant le quartier chinois. De purs poisons, remplis de gras et de sucre frelaté, excellents. Chacun croqua dans le sien et plongea dans ses pensées. David se mordit un peu l'intérieur des joues, serra discrètement les poings – comme il se les mordait et les serrait depuis qu'il était au courant que Roberto couchait avec Sonia.

Le coup lui avait fait mal. Les médicaments qu'on lui donnait étaient les bienvenus, en l'occurrence. Car il éprouvait un si fort sentiment d'injustice, au regard de son engagement, des sacrifices consentis, qu'un peu de chimie devenait nécessaire. Plus personne n'était obligé de souffrir dans ce pays. N'importe quel demeuré au fond de sa campagne était abonné de longue date au Prozac – pour le moins – et pouvait se rouler dans les blés mûrs ou au cœur des prairies moelleuses tout au long de l'année.

« Il faut que je sorte d'ici, déclara-t-il ce matin-là sur un ton ferme. Sors-moi d'ici. »

Marc s'arrêta de déambuler et fixa son frère.

« Te sortir de là ? » fit-il au bout d'un moment. Il décida de s'asseoir à son tour sur le banc. Devant lui, le soleil dansait à travers les buissons. « Tu as fait fort, cette fois, tu as fait très fort, mon vieux, là tu t'es surpassé... je n'ai pas encore eu l'occasion de te le dire, mais bravo, mille fois bravo... et maintenant, je dois te sortir de là, c'est ça, et ça ne va pas assez vite à ton goût, c'est ça ? » Marc se manipula le menton comme s'il cherchait à le remettre en place. « Je ne vais plus pouvoir jouer les bonnes sœurs à plein temps, tu sais. Tu es devenu un vrai danger, d'accord ? Et je n'ai pas que ça à faire, désormais. Je n'ai pas que de toi à m'occuper. Ce temps-là est fini. Je n'y peux rien. Et tu ne peux pas me le reprocher, car j'ai donné, j'ai sacrément donné. Hein, ne va pas me dire le contraire. Qu'on ne vienne pas me dire que je n'en ai pas assez fait pour toi. Je ne suis pas sûr que j'apprécierais. Je ne crois pas que j'aimerais entendre ça. »

David soupira.

Marc reprit : « Joffrey est sur le point d'obtenir une permission pour t'emmener courir à l'extérieur. Sauf qu'il s'est fichu le bras en l'air. Tu vois Joffrey en train de se battre contre un ours de deux mètres de haut ? J'aurais donné cher. Enfin, ça ne m'étonne pas vraiment. Ces types sont fous, pour la plupart. Ou pire encore. Mais bon. Quoi qu'il en soit. Peut-être qu'il faudra t'en contenter pendant un moment. N'oublie pas que tu as poignardé un homme.

— J'ai poignardé un salaud dans une chaise roulante. J'avais donc deux bonnes raisons de le faire. Pas une. Deux.

— Non, monsieur. Jamais de la vie. Désolé.

— Écoute. Si j'avais attendu que vous vous décidiez à faire quelque chose, elle serait peut-être à l'hôpital en ce moment. Ce connard a eu ce qu'il méritait.

— Non, stop. Ne va pas plus loin. Je ne veux pas t'écouter. On n'a pas le droit de se faire justice soi-même. C'est fondamental. C'est une loi fondamentale. Elle sert à ne pas s'entretuer. Elle nous différencie des animaux. Alors n'espère pas me rallier à tes tristes vues. N'attends pas mon absolution, okay ?... tu ne l'auras pas. Je ne te la donnerai pas. »

Comme le soleil devenait fort, Marc chaussa ses Cutler & Gross à monture d'écaille – souvenir d'un séjour à Londres où la directrice des ventes pour l'Europe lui en avait offert une demi-douzaine ainsi que des boutons de manchettes en or blanc après qu'il l'eut fouettée et sodomisée une bonne partie de la nuit sur une moquette gris perle ornée du sigle Mercedes – et il poursuivit : « Disons en attendant. Le garage ne va pas marcher tout seul alors je ne te promets pas de longues sorties. Béa est au bord de l'épuisement – et c'est le moment que sa sœur choisit pour se payer une dépression. Enfin bref. N'espère pas des miracles... Joffrey n'a que ça à faire, lui, mais moi je ne m'occupe pas d'une église. Vous irez par monts et par vaux lorsqu'il sera rétabli. Quant à moi, si ça te convient, je passerai te prendre un matin... bientôt... pour une petite heure. À l'aube. Tu n'auras qu'à te tenir prêt. »

Un fou avançait vers eux, à reculons. Le parc était inondé de lumière. Des cimes de hauts arbres provenaient des cris d'oiseaux, étonnants, peu familiers. Le soleil clignotait entre les branches, vif comme le feu.

« Par exemple, je pourrais prévenir Irène et nous pourrions prendre le petit déjeuner avec elle, tu vois le genre. Car enfin, l'idée n'est pas tant de courir que de mettre un peu de baume au cœur de ceux qui t'entourent... jusqu'au moment où tu pourras passer la nuit à la maison et on y travaille. Ça s'agite, crois-moi. Nous avons quelques amis, à présent. Bientôt, nous viendrons te prendre à l'heure de l'apéritif. C'est à peine croyable. Je ne sais pas si tu te rends compte. À côté de quoi tu es passé. De quoi nous t'avons tiré. Ce n'est pas pour nous jeter des fleurs, mais... »

Son téléphone sonna. Un certain inspecteur Blotte souhaitait lui parler au sujet du type qu'il avait déposé à l'hôpital ce matin. Ils prirent rendez-vous. Décidément, ce flic était collé à eux. Très agréable.

« Tu dois prendre une décision au sujet de Roberto », déclara David en fixant le sol.

Marc reporta son attention sur son frère, plissa le front. Puis lâcha : « Explique-toi. »

David garda la tête baissée, l'agita de haut en bas. « Tu dois empêcher ça. »

Marc se mit à grimacer. « Empêcher quoi ? Que veux-tu que j'empêche ? Qu'est-ce que tu racontes, espèce de crétin ! Tu crois que j'ai ce pouvoir ? Tu crois qu'un père a le pouvoir de décider avec qui couche sa fille ?

— Mais pas Roberto, merde.

— Écoute. Ça ne m'amuse pas plus que toi. Roberto. Je sais. Je connais. Ça me rend dingue, moi aussi. Je n'arrive pas à y croire. Qu'il m'ait fait ça. Qu'il ait fait ça à notre famille. Lui. Roberto. Ce vieux Robbie... D'accord. Je suis d'accord avec toi. Et après ?... Et après ?... Je crois qu'il va nous falloir l'accepter, voilà ce que je crois, il va falloir encaisser, sous peine de payer un prix encore plus élevé... à moins que tu n'aies l'intention de l'éliminer, bien sûr, à moins que ce ne soit devenu ta spécialité, ta nouvelle manière de procéder... »

David le considéra d'un air affligé – par tant d'esprit, tant de délicatesse. Marc haussa les épaules puis regarda ailleurs. Il ne fallait pas s'attendre à autre chose, songeait-il. Chacun, à des degrés divers, s'étranglait. Victor avait été saisi d'une interminable quinte de toux, à ce qu'on disait, entrecoupée de solides jurons à l'adresse du salopard – qui lui tenait encore une conversation amicale quelques jours plus tôt, fulminait-il. De son côté, Irène souriait en silence car elle avait toujours pensé que Roberto était la plus mauvaise fréquentation de ses fils, quelque sympathie qu'elle eût éprouvée à son endroit eu égard à la dévotion qu'il avait pour eux. Le crédit de Roberto, désormais, tendait vers zéro chez les Sollens. Il ne fallait pas s'attendre à autre chose, bien sûr. Le comportement de Roberto soulevait le cœur. Mais comment s'y opposer – d'une manière qui ne fût point illégale ou contraire à la morale, et sans doute mal interprétée par Sonia ?

Ils échangèrent poignées de main et quelques mots avec le directeur de l'établissement qui s'en venait flanquée une équipe de jardiniers dont les mines étaient tendues. Préoccupées. Ce qu'ils coupaient repoussait. Ils voulaient, sans plus attendre, discuter du tarif des heures supplémentaires. Le directeur leva les yeux au ciel. La ville accordait suffisamment de subventions pour que celui-ci prît intérêt au bien-être des deux frères dont les relations d'amitié entretenues avec le nouveau maire laissaient pantois. Il envoya chercher des rafraîchissements. L'inhabituelle exubérance de la végétation commençait à poser des problèmes de logistique, leur expliqua-t-il. Certains jardiniers mettaient leur famille à contribution. Donc certains frais augmentaient radicalement. Et cet homme, le directeur en question, se demandait, le cœur gonflé d'espoir, si l'on ne pouvait pas intercéder en sa faveur auprès de... hum... de... hum... des instances compétentes.

Pour ce qui concernait David, son indicible situation, les choses avançaient, et dans la bonne direction. Vincent Delborde avait à cœur de les aider, cela se confirmait chaque jour. L'avocat se démenait pour eux, il diligentait, agissait en sous-main, pesait de tout son poids, utilisait certain papier à en-tête, etc., car l'amitié, selon lui, se révélait une chose rare et précieuse et indispensable à l'existence – preuve que tous les homosexuels n'étaient pas omnubilés par le sexe, en tout cas pas uniquement. Quoi qu'il en soit, les bracelets étaient prêts, déclara le fort affable directeur qui les invita à prendre un verre autour d'un guéridon où se berçait un saule. Ne manquaient plus que les autorisations. Dès que les autorisations atterriraient sur son bureau, promit-il, à l'instant même, David pourrait sortir. Les bracelets étaient soigneusement rangés dans un tiroir. Tout serait fait dans la plus grande discrétion. Il y avait une porte au fond du parc. On ne la voyait pas, à cause de la végétation qui avait envahi le fond du parc, mais il y avait une porte.

Il en confia une clé à Marc, pour plus de commodité. Puis les tronçonneuses se mirent en route, pétaradèrent horriblement, insupportablement. Ils se sourirent. Les racines s'enfonçaient, s'étendaient, grossissaient, et elles finiraient par soulever les murs si l'on ne faisait rien. D'un autre côté, il allait y avoir du bois pour l'hiver, et pour les feux de cheminée. Ce que Dieu prenait d'une part, il le rendait de l'autre – cependant que l'air, qui s'emplissait d'une forte odeur d'essence et de gaz brûlés, empestait de plus en plus, et que les occupants des lieux couraient en tous sens, les mains plaquées aux oreilles, fuyant la zone des rugissements.

Un peu plus tard, et pour la première fois de sa vie, Marc hésita sur le chemin du garage. Son pas devint plus lourd. Il en prit précautionneusement acte. Sans doute pouvait-on évoquer le fait que David n'était plus là, que son bureau était vide, mais il semblait y avoir des causes plus profondes à ce triste engourdissement. Il s'en confia à Béa tandis qu'elle lui administrait de bon cœur un lent massage destiné à évacuer la tension accumulée dans ses épaules et son cou. « J'ai failli faire demi-tour », avoua-t-il.

Béa émit un faible gémissement – rien ne la faisait souffrir davantage qu'un patron cafardeux ni davantage mouiller que de lui pétrir amoureusement les épaules.

Il ferma les yeux et lui confia que la perspective de son rendez-vous avec Catherine Da Silva l'achevait littéralement. Sans même savoir de quoi il retournait, Béa se proposa de l'accompagner s'il estimait que la walkyrie – depuis le temps, elle ne parvenait pas à l'appeler autrement – constituait un danger.

Sans rouvrir les yeux, il esquissa un sourire en songeant avec quelle facilité Catherine aurait réduit cette pauvre fille en miettes. Il consentit ainsi à fournir quelques explications sur les sombres événements qui donnaient lieu à l'inquiétude qu'il nourrissait à l'idée d'aller trouver Catherine pour lui exposer les faits. Pour lui annoncer que Roberto... pour lui annoncer que Roberto et Sonia étaient amants, et que oui, Roberto avait franchi la ligne, une ligne infranchissable entre eux, une ligne interdite. À entendre les débuts de cette histoire tragique, Béa se tourna vers le mini-bar de son patron et servit des martini-gin pour compenser.

Ils burent, puis Marc raconta la suite, cette chose ignoble qui s'était produite autrefois. Lui, Roberto, Rob, Robbie, comptant son argent, et elle, Catherine, la malheureuse, hurlant à perdre haleine dans un parking souterrain. Lui, estimant qu'elle payait pour toutes les humiliations qu'il avait subies d'elle et de son insupportable sentiment de supériorité. Jusqu'au jour où il s'était vengé.

Difficile à rattraper. Difficile de revenir dans les petits papiers de la personne, après ça. En vingt ans, après maintes tentatives de réconciliation engagées par lui, ils avaient réussi à établir une sorte de no man's land dans les limites duquel ils se croisaient, se rencontraient, se parlaient – n'étant pas parvenus à s'en vouloir à mort pour des raisons qui les regardaient mais pour autant, ils ne s'autorisaient pas n'importe quoi. Et certainement pas de mettre la main sur Sonia. Il y avait des centaines de milliers de filles dans cette ville. Des troupeaux entiers. Il pouvait prendre toutes celles qu'il voulait. Il pouvait prendre n'importe laquelle, choisir celle qu'il voulait, mais pas celle-là. Toutes sauf celle-là. « Ce que je peux comprendre, remarquez, fit Béa. Ce que je peux tout à fait comprendre.

— Bien sûr », grimaça-t-il, sachant qu'une femme ne pouvait pas comprendre. Une femme ne pouvait pas comprendre, estimait-il, dans quels derniers retranchements elle vous poussait quand les coups et les avanies pleuvaient jour après jour, sans répit – Catherine n'était pas connue pour sa douceur, sa délicatesse, et surtout pas envers un garçon qui la baisait mal et Roberto avait eu ce malheur à l'époque, de la baiser mal à une ou deux reprises, et tout était parti de là.

« Personnellement, je suis pour donner une seconde chance, déclara Béa. Un accident peut arriver à tout le monde. Qui peut se vanter de donner d'emblée le meilleur de lui-même ? D'où l'importance, il me semble, d'accorder la plus grande attention aux préliminaires. »

Parfois, Marc la considérait comme s'il venait de prendre un coup sur la tête. Se demandant si elle était réelle. Cependant, autour d'eux, l'activité avait repris et la deuxième partie de la journée entamait sa course à l'ombre des superbes palmiers que la mairie avait fait planter et qui auguraient bien de la prochaine journée portes ouvertes. Rien ne valait des palmiers pour vendre des voitures. Il n'y avait plus qu'à prier pour que le ciel restât bleu et la température clémente et pour que le dollar ne descendît pas trop bas et pour que Béa ne se sentît point obligée d'y aller de son cours d'éducation sexuelle à la moindre occasion, merci. Il faisait vingt-cinq. Les gens achetaient encore de gros ventilateurs et ne voulaient plus en bouger...

Noël paraissait si loin que personne ne semblait décidé à s'y préparer – bien que la dernière semaine de novembre fût déjà entamée et les vitrines décorées de neige artificielle. La moitié de la ville portait encore d'affreuses chemisettes, et d'abominables shorts pour les plus audacieux. Les marchands de gaufres vendaient encore des glaces. Personne ne voulait de marrons chauds. Des gens achetaient des steaks et les jetaient aux vautours qui avaient élu domicile dans le parc du centre-ville, près de la statue de Mick Jagger – que toutes les filles en âge de procréer venaient peloter en faisant un vœu ou une moue dépitée à l'idée de ce qui les attendait en réalité.

Marc se redressa en apercevant l'inspecteur Blotte qui traversait le parking d'un pas raide. C'était une autre partie de l'histoire qu'il allait maintenant devoir dévoiler au policier – ce même policier qui avait œuvré à l'envol de feu Robert Clinnechet, l'ancien mari de Josianne, depuis la terrasse du dernier étage de l'immeuble, à son plongeon, lors d'une furieuse empoignade que personne n'avait oubliée.

Visiblement, la mésaventure lui était restée en travers de la gorge. Il n'aimait pas ça, déclara-t-il. Il n'aimait pas cette affaire à laquelle un Sollens était encore mêlé peu ou prou. L'affaire de ce type qui agonisait d'un mal étrange, encore non-identifié. Qu'est-ce que ça signifiait ? Qu'est-ce que ça signifiait *encore* ? Marc se demanda si le policier n'était pas atteint d'un ulcère. Il déclara que la petite amie du type en question l'avait envoyé à cette adresse et qu'il n'en savait pas plus. L'inspecteur en grimaça de contrariété. Il déclara qu'il était contrarié. Qu'il attendait davantage de coopération.

Cette histoire pouvait mal tourner. Ce flic avait sans doute les nerfs malades et il se trouvait du côté du manche. Chose à ne pas perdre de vue, se dit Marc. Il ajouta que ce Paul, l'homme en question, était l'ex-mari d'Édith et entendant cela l'inspecteur fixa le sol. « C'est un ami d'enfance, continua Marc, enfin, du moins une vieille connaissance... Ce type s'était autrefois enfui avec la femme dont nous étions amoureux, mon frère et moi... mais je vous ennuie avec mon bavardage, inspecteur. » L'inspecteur répondit : « Pas du tout. Continuez, je vous prie. »

En fait, l'inspecteur Blotte méprisait les Sollens, toute la famille, ce qu'ils représentaient. Bien des fois, après le drame, il regretta que ce ne fût point David qu'on eût retrouvé sur le trottoir. Avec sa belle petite gueule. Transformée en hachis Parmentier. Depuis que le nouveau maire était en place, l'inspecteur Blotte avait vu sa tension monter – et une bouteille de Maalox lui faisait à peine deux jours.

« Vous lui connaissiez des ennemis, des histoires louches qu'il aurait eues ? » Marc se gratta la tête.

Non, il ne voyait pas. Il ne voyait vraiment pas. De temps à autre, même lorsque Marc ne disait rien, l'autre prenait des notes nerveuses dans un carnet. La vieille école. Aujourd'hui, pratiquement plus personne ne savait écrire. Qui donc avait encore un crayon et un bout de papier sur soi ?

L'inspecteur Blotte achetait sur Internet des costumes à cent euros qui lui donnaient l'allure d'un plouc professionnel – ce qu'il était –, d'autant qu'il se montrait incapable de choisir une cravate qui ne fût point hideuse ou absolument mal vue. Quel aimable caractère aurait bien pu germer puis s'épanouir dans de telles conditions ?

« Écoutez, mon vieux, vous ne m'ôterez pas de l'idée que votre frère est un assassin », finit par lâcher le policier.

Marc le fixa un instant puis sourit en proposant à l'inspecteur de ne pas tout mélanger. De ne pas aborder un sujet qui n'avait rien à voir avec l'affaire qui les occupait pour le moment et sur laquelle, malheureusement, il n'avait pas grand-chose à dire.

« Mais je reste à votre disposition, inspecteur. S'il y a un point que je peux éclaircir, n'hésitez pas. Vous faites du bon boulot. Je le sais. »

Le soir tombait. Le garage s'était vidé tandis que l'inspecteur avait mené son enquête. Marc demeura encore un moment dans son bureau après le départ de Blotte, manipulant quelques trombones cependant qu'une forte lumière rougeoyante descendait vivement l'avenue et enflammait les façades. Les problèmes se multipliaient. Aucun doute. Pour lui, cependant, ne comptait plus qu'une seule chose à présent : Catherine, son rendez-vous avec Catherine.

D'autant qu'il l'avait superbement ignorée ces derniers mois. La rencontre promettait d'être chaude avant même qu'il eût le loisir d'ouvrir la bouche. Il ne fallait pas s'y tromper. Il ne fallait pas croire que tout allait bien se passer. Loin de là. Il avait choisi un endroit où il estimait qu'elle ne voudrait faire aucun scandale. Un japonais aux prix époustouflants mais qui était un passage obligé, en ville, ces derniers temps. Il avait retenu une table, pas trop à l'écart, pas trop dans l'ombre, espérant même que des jeunes types viendraient dire trois mots à Catherine, ou l'embrasser, ou lui raconter les dernières stupidités qui traînaient alentour, savoir qui baisait avec qui, qui baisait qui, qui baisait avec quoi, qui avait fait exploser sa famille, qui avait trahi les siens, qui se retrouvait en cure, bla bla bla...

Il comptait beaucoup là-dessus, la diversion. Il passa un coup de fil à Édith pour l'avertir qu'il était en route. Après un instant d'hésitation, elle lui souhaita bonne chance.

« Tu te veux rassurante, là ? » grinça-t-il.

Elle ne s'était pas voulue ironique. Elle connaissait le degré de dangerosité de la situation. Elle était une fille du pays. Elle savait que tout ne se réglait pas à l'amiable.

Quoi qu'il en soit, le rôle de régulateur lui revenait effectivement. C'était à lui de conduire cette machine infernale et de faire en sorte qu'elle arrive à bon port sans trop de dégâts. La mauvaise part lui incombait en tant que mâle dominant. Se garant, il en vint à regretter de ne pas avoir accepté l'offre de Béa de rester à ses côtés, de lui servir de bouclier, d'absorber le premier choc, le cas échéant.

Il y avait également le problème du sexe. Il avait baisé avec Catherine un nombre incalculable de fois au cours de ces soirées qu'ils fréquentaient l'un et l'autre – au point, d'ailleurs, que celle-ci avait cru voir luire une sorte d'espoir pour eux, mais il lui avait déjà expliqué qu'elle faisait fausse route : baiser ensemble ne signifiait rien, le nombre de partenaires sexuels que l'on avait au cours de la soirée dispensait d'y adjoindre quelque sentiment que ce fût, est-ce qu'elle le comprenait ?

Il n'avait pas été facile de lui faire entrer ces notions – pourtant simples – dans la tête bien que son QI fût impressionnant. Certaines scènes avaient eu lieu au cours des années mais il n'avait jamais cédé d'un pouce, la menaçant même de mettre un terme à leurs ébats, de baiser toutes les femmes de l'assemblée sauf elle, si elle continuait à divaguer de la sorte. Ils étaient amis depuis plus de vingt ans mais ils ne seraient jamais davantage. Aucune autre éventualité n'était possible. Il avait fallu beaucoup de temps à Catherine pour agréer cette situation – tant qu'ils continuaient d'avoir des rapports sexuels – mais le retour d'Édith avait changé la donne. En tout cas, ça n'avait pas arrangé l'humeur de Catherine, qui se plaignait d'avoir perdu son partenaire préféré, même si elle plaisantait en disant cela.

Elle avait été la première à sourire lorsqu'il avait fait part de ses intentions concernant la nouvelle vie qu'il comptait mener, le nouvel homme qu'il voulait voir apparaître, qui était resté caché si longtemps à l'intérieur de lui. Qu'y avait-il là de si extraordinaire ? Où voulait-elle en venir ? Ne croyait-elle donc en rien ? Ne croyait-elle qu'au côté sombre, la malheureuse ?

Difficile de savoir à quoi elle croyait, au juste. Il l'observait tandis qu'elle commandait en tâchant d'emprisonner le jeune serveur de son plus éclatant sourire – et le jeune gars, un beau brun de type andalou, hennissait presque sur place. En quoi pouvait donc bien croire Catherine Da Silva ? se demandait Marc en examinant vaguement la carte des vins.

Elle était d'excellente humeur. Elle portait un tailleur léger, extravagant, dans le droit fil des excentricités de son idole anglaise – *City* avait consacré à V.W. une bonne douzaine de portraits dithyrambiques, écrits de la propre main de Catherine, exercice auquel celle-ci se prêtait rarement –, plein de gaieté, et elle se tourna de nouveau vers Marc, ignorant brusquement l'hidalgo – dont les cheveux noirs, huilés, luisaient et ondulaient à l'envi – et elle lui redit combien elle était heureuse, parfaitement ravie de cette invitation. Étonnante, bien sûr, mais parfaitement agréable, au demeurant, faisant profondément plaisir, en vérité.

L'endroit était snob à souhait. Le personnel vous regardait de haut. Les sushis étaient vendus au prix du caviar. Sous la table, elle commença à lui faire du pied. Elle déclara qu'il leur manquait. Surtout à elle. Qu'il lui manquait surtout à elle.

« J'ai envie de prendre des brochettes », dit-il en refermant le menu. Et comme elle le regardait avec insistance, il ajouta : « Je suis inscrit aux Sexoliques Anonymes, figure-toi. Je ne sais pas si je t'en ai parlé.

— Je ne sais plus. En tout cas, moi, ça ne me gêne pas. Tu peux bien être inscrit où tu veux. Un pasteur nous a rejoints, le mois dernier. Avec sa femme.

— Sérieusement... Je suis inscrit aux Sexoliques Anonymes. Tout ce que tu me dis, à présent, tout ce qui a un rapport avec le sexe, de près ou de loin, rentre par une oreille et ressort par l'autre. J'utilise la méthode des Douze Étapes et des Douze Traditions. J'ai reconnu que j'étais malade. J'ai admis que j'étais impuissant devant la luxure et que j'avais perdu la maîtrise de ma vie. Je progresse, tu sais. Michael Douglas a utilisé cette méthode avec le succès qu'on connaît. Ça me semble une bonne preuve. Si elle a fonctionné avec Michael Douglas...

— Michael Douglas reste enfermé chez lui du matin au soir.

— Michael Douglas est un obsédé sexuel repenti. Tout le monde le sait. Mais la méthode a eu raison de ses ennuis et elle aura raison des miens. Toi-même, n'en as-tu pas assez ? Réponds-moi franchement, n'en as-tu pas assez ? »

Elle s'agita sur son siège, soupira : « Oh ! je t'en prie, c'est à moi que tu parles. Tu portais des culottes courtes lorsque je t'ai connu. »

Il leva une main : « Okay. Tâchons de passer une soirée agréable. Je suis ravi de passer une soirée avec toi. Ça faisait un bail, non ? En tout cas, je suis ravi.

— Je sais. Tu l'as déjà dit.

— Tu as remarqué ? J'ai pensé qu'une fois ne suffisait pas. »

Durant quelques secondes, il pensa que cette mission était vouée à l'échec, qu'il ne parviendrait jamais à obtenir de Catherine qu'elle fermât les yeux sur la charmante idylle que Roberto s'était cru autorisé à entamer avec Sonia, *pratiquement sous ses fenêtres et en toute impunité.* Comment réussirait-il à l'amadouer ? Il commanda du saké. Il allait sans doute en falloir des litres avant qu'elle ne commençât à plier. Quoi qu'il en soit, impossible ou pas, cette mission ne prenait pas l'allure d'une partie de plaisir.

Il espérait qu'une bonne âme montrerait à Sonia ce qu'il faisait pour elle, au cas où la chose lui aurait échappé. Il fallait au moins être un père pour faire ce qu'il faisait. Cette réflexion l'encouragea. Ne pas perdre sur tous les tableaux rendait la vie presque tolérable.

Charmant, il savait l'être. Malgré les différentes réflexions qui l'assaillaient, concernant l'issue de la manœuvre, il se montrait détendu et enjoué, visiblement désireux d'effacer le regrettable tiédissement de leur relation durant ces derniers mois. Il était heureux de constater, disait-il, qu'ils pouvaient très bien ne plus avoir de rapports sexuels l'un avec l'autre et rester les meilleurs amis du monde. Radieuse, Catherine lui caressa la main et abonda en son sens, le regard brillant.

Cependant, il refusa d'aller boire un dernier verre chez elle, ainsi qu'elle le proposait pour démontrer qu'ils pouvaient à présent se tenir dans une pièce et penser à autre chose. Mais comme ils avaient encore à parler, il déclara qu'ils pouvaient descendre jusqu'au fleuve et marcher un peu. La marche, de longues séances de marche étaient vivement recommandées chez les Sexoliques Anonymes.

« Tout le monde se range, déclara-t-il en lui offrant son bras. Bon sang, Catherine, tout le monde se range au bout d'un moment. Tu n'as pas envie de ça ? Tu n'as pas envie de fonder un foyer ?

— Non, pas du tout. Pas le moins du monde. Ou avec toi, à la rigueur, mais la place est prise, il me semble. »

Elle ricana aussitôt en se serrant à son bras tandis qu'ils gagnaient la berge puis s'attardaient un instant devant les eaux sombres qui glissaient à leurs pieds avec un léger sifflement. « Au moins, le faire avec toi était une consolation, reprit-elle. J'avais au moins ça. »

Il grimaça un sourire. Il était rare de voir les désirs des uns s'accorder avec ceux des autres, s'emboîter comme les pièces d'un puzzle parfait. Elle ne semblait pas se rendre compte qu'elle enfonçait ses ongles dans son avant-bras. Malheureusement, il ne pouvait pas faire grand-chose pour elle. Tant qu'elle n'admettrait pas qu'elle demeurait impuissante devant la luxure, il ne pourrait pas l'aider.

Ils marchèrent un moment en silence. Il estima que le saké n'était pas suffisant. Il lui fit écouter « Our Weight in Oil » de Matt Elliott, ce type formidable, et elle lui rendit les écouteurs en souriant d'un air entendu... Alors il lui lâcha le morceau, sans attendre une minute de plus. Avec le sentiment qu'il larguait une bombe au-dessus de la tête de sa vieille amie, et que les dés étaient jetés.

Elle trébucha.

Ils approchaient de l'auditorium dont le bar était encore ouvert. Ils n'eurent pas à se concerter. Elle s'installa sur un tabouret et se perdit dans la contemplation de ses propres mains posées sur le comptoir. Marc commanda deux gin-tonic bien tassés et paya pour cette tournée et d'avance pour la suivante. À son tour, il écouta Matt Elliott. Pur talent. Mieux valait se faire du bien avant qu'elle ne réagisse, estimait-il. La surveillant du coin de l'œil.

Le résultat n'était guère brillant. La quarantaine, si l'on grattait un peu la surface, ne les avait pas déposés intacts au milieu du chemin. Les problèmes n'avaient pas disparu mais s'étaient enfouis plus profondément, ce qui les rendait à la fois plus inguérissables et plus compatibles avec une vie normale ou supposée telle. Lequel d'entre eux s'en tirait bien, blague à part ?

En tout cas, elle finit par fondre en larmes. Ce n'était pas à cette réaction que Marc s'attendait. Elle poussa un long gémissement avant de s'effondrer sur le comptoir, la tête entre les mains. Il rangea ses écouteurs. Les larmes de femme, déjà autrefois, ne le mettaient pas à l'aise, tandis qu'à présent elles le paralysaient et ça ne semblait pas aller en s'arrangeant. Il fit signe au barman que tout allait bien.

Il la serra contre son épaule, lui caressa le dos, lui alluma une cigarette en attendant qu'elle se calme. Mais elle la rejeta, lui déclara qu'elle étouffait, et il dut l'entraîner dehors sans plus tarder. Elle vomit dans l'ombre d'un arbre de Judée qui fleurissait de nouveau à quelques semaines de Noël. Toussant, s'étranglant. Le regard terrible qu'elle lui adressa, entre deux spasmes, ne nécessitait aucun commentaire.

Elle était ivre, également. Les larmes luisaient sur ses joues, la salive pendait à son menton. On pouvait gager qu'elle n'avait pas pour habitude de se montrer dans cet état. On pouvait être sûr que son trouble était à la mesure du choc. Qui donc se souvenait avoir vu cette femme verser une simple larme ? – non qu'elle ignorât la douleur ou la tristesse ou les affres de la solitude. Qui se souvenait encore qu'un cœur battait dans la poitrine de Catherine Da Silva, depuis le temps ?

À quelques pas de là se dressait un hangar à bateaux qui disposait, fort à propos pour ce qu'elle avait, d'un robinet extérieur.

« C'est une erreur de penser que le temps a raison de tout, marmonna-t-elle en humectant un mouchoir. C'est une preuve d'immaturité.

— Ma position n'est pas beaucoup plus enviable, tu t'en doutes. Depuis quand baise-t-on la fille d'un ami ? Si tu as de sérieux motifs de lui en vouloir, j'en ai aussi de mon côté. Je me sens profondément trahi.

— Mais tu ne te sens pas comme je me suis sentie lorsque ils en ont eu fini avec moi. Je ne crois pas que ce soit comparable. Le temps n'efface pas tout. Il le sait. » Elle se tamponna les yeux, se rinça les mains. « J'ai toujours été très claire avec lui sur ce sujet. Il sait très bien ce que je vais penser de tout ça. » Ses larmes se remirent à couler. « Je ne sais pas pourquoi je pleure, fit-elle. J'ai envie de hurler, mais au lieu de ça, je pleure. Incroyable, non ? »

Sur le côté se trouvait une citerne de gaz protégée par un grillage envahi de liseron. Un solide grillage. Et tout à coup, quelques minutes plus tard, on entendit Catherine pousser un râle de plaisir et Marc ouvrit les yeux et se demanda ce qui se passait au juste. Quoi ? Il tomba des nues. Était-ce lui qui, en ce moment même, ramonait si furieusement Catherine dans un coin désert de cette berge sombre ? Pardon ? Était-ce lui qui avait son pantalon aux chevilles ? Était-ce le blanc et résolu postérieur de son amie qui frétillait honteusement entre ses coupables mains de dégénéré ? Était-ce elle qu'on entendait à nouveau, ses hoquets, ses longs gémissements, accrochée au grillage comme une tigresse fêtant son retour en grâce ?

Il secoua la tête, refusant d'y croire. Faire ça. Comment avait-il pu faire ça ? Il était loin d'être guéri s'il en était ainsi, s'il demeurait incapable du moindre effort. « Je n'arrive pas à savoir si tu es sérieux, déclara-t-elle. D'ailleurs, le sais-tu toi-même ? » Il jeta un regard alentour puis remonta son pantalon en se mordant les lèvres car il se sentait anéanti. La prochaine réunion des Sexoliques allait être un cauchemar.

Édith dormait. Il resta un instant sur le seuil de la chambre, ne se décidant pas à lâcher la poignée de la porte, pas plus qu'à risquer un pied à l'intérieur. S'il avait ainsi voulu prouver que le plus fou des deux n'était pas David, il ne s'y serait pas pris autrement. Il était en train de démolir ce dont il avait toujours rêvé. Est-ce que ça ne valait pas le premier prix ? N'était-ce pas effarant ?

6.

L'enterrement de Valérie Ardentropp se déroula sous un déluge de feu – du moins fut-ce l'expression employée par la majorité de ceux qui assistèrent à son inhumation. Le soleil se trouvait pratiquement au zénith et transperçait l'air chaud sans rencontrer le moindre soufle.

William Dorflinger, le mari d'Élisabeth, bien qu'on l'eût abrité d'un parasol à franges, pâlissait sous la torture. Irène avait accompagné Élisabeth et elles étaient allées tirer le brave homme de sa retraite sur les hauteurs – le Centre était niché au creux d'un col, dans une clairière discrète – pour le faire cuire dans la vallée.

Victor frissonna. Voyant à quoi ressemblait à présent ce vieux William, il baissa les yeux et se mordilla les lèvres. Sans doute ne l'avait-il pas vu depuis un bon moment, d'accord, certes, mais l'image faisait peur. William l'avait à peine reconnu. Il avait à présent cet air d'idiot complet absolument tragique. Victor frissonna longuement tandis que le père Joffrey, malgré son bras en écharpe, officiait.

La chaleur semblait produire un infime zézaiement dans l'air. Victor avait déclaré que cette idée d'aller chercher William lui semblait pour le moins saugrenue. Il s'était vrillé un doigt sur la tempe mais aucune des deux femmes n'en avait eu cure – on avait parfois l'impression que certaines idées étaient enfoncées dans leur crâne comme des pitons dans de la roche. Rien ne pouvait les détourner de leurs lubies. Elles avaient bondi dans la Mini et s'étaient rendues au Centre, à une heure de route au milieu des sapins et des sources, là où les plus vieux et les plus atteints échouaient. Elles avaient fermé les yeux, bouché leurs oreilles, s'étaient entêtées envers et contre tout et les voilà qui allaient bientôt avoir un cadavre sur les bras.

Le visage de William était si émacié qu'une horrible tête de mort apparaissait derrière la peau diaphane et blême qui la couvrait. Ses forces l'avaient abandonné.

Quelle nécessité y avait-il à s'imposer un tel spectacle ? Les occasions d'être confronté au déclin manquaient-elles à ce point ? Les coups d'œil qu'il glissait en direction de William le remplissaient d'effroi. Puis une question le tarauda : William était-il incontinent ? William était-il astreint au port de la couche ? De quoi s'enfuir à toutes jambes. Se cacher sous une montagne pour ne pas être frappé.

Olivier De Watt regardait Irène. Tous les yeux étaient tournés vers Joffrey qui discourait d'une voix brisée sur les qualités de Valérie et sur le magnifique refuge qu'elle allait trouver dans l'Au-Delà mais

De Watt, quant à lui, n'avait les siens, d'yeux, que pour Irène, et voilà qui s'avérait tout à fait incongru.

Il ne manquait plus que ça. La première réaction était de hausser les épaules. Olivier De Watt. Le type n'avait qu'une petite cinquantaine. Chef de la police. Mauvais flic mais excellent diplomate, manœuvrant toujours au mieux de ses intérêts. Bref, Olivier De Watt fixait Irène *intensément*, que ce fût pour une raison ou pour une autre. C'était patent.

Les thuyas embaumaient l'air qui sentait aussi la terre retournée. Valérie allait lui manquer. Il regrettait d'être aussi égoïste mais il se demandait comment il allait faire sans elle. Jamais il ne retrouverait une fille aussi dévouée, aussi efficace – non plus qu'il n'aurait le temps d'en former une autre car former une bonne secrétaire demande des années et des années, ceux qui en utilisent le savent, et c'était bien trop pour lui, c'était beaucoup trop long. Un grand point d'interrogation se dessinait.

Tandis que le cercueil de Valérie disparaissait dans le sol à la vitesse d'un escargot ordinaire, il reconnut qu'être dévalisé par ses propres enfants n'avait pas que des désavantages. Son patrimoine, en effet, avait subi quelques sombres coupes, mais cela simplifierait d'autant l'exercice, estimait-il. Un simple bureau suffirait. Il pouvait installer un bureau dans un coin du salon, il y avait largement la place, et ainsi pourraient-ils profiter de leur présence mutuelle Irène et lui, ainsi pourrait-il se consacrer entièrement à elle, ainsi renouerait-il avec le bonheur de former un couple lorsque les terres devenaient froides et cendreuses, et l'espérance de vie de plus en plus mince.

Sauf si cette belle mécanique rencontrait un obstacle. Et au premier regard qu'Irène échangea avec De Watt, Victor comprit qu'il n'était pas au bout de ses peines. Mais qu'avait donc mangé cette femme ? se demanda-t-il une fois de plus. Il y a peu, elle entreprenait Bradge, et maintenant... Était-elle atteinte du même mal que son fils ?

Les rares occasions qu'il avait eues de la posséder ces derniers temps lui avaient effectivement laissé entrevoir un regain d'intérêt pour le sexe de la part d'Irène. Cela venait-il des hormones que lui prescrivait Bradge, de ces magazines qu'elle lisait, d'une pente libidineuse qu'on observait assez souvent chez une femme de cet âge ? Quoi qu'il en soit, Irène semblait si pressée de se donner un amant que cela en devenait inquiétant.

Ce n'était pas le moment de la perdre de l'œil. Au moment de la sortie, Victor entraîna le père Joffrey à l'écart et s'en ouvrit à lui. Pour finir, celui-ci se claqua les cuisses en soupirant. Certes, il allait parler à Irène. Bien sûr. Certes, il allait tâcher de la remettre sur les rails. Mais il n'y croyait pas vraiment. Le sexe était le plus puissant des démons qu'il avait à combattre, le sexe était une plaie, le sexe décimait ses ouailles comme la grippe asiatique sans que la Parole de Dieu y changeât grand-chose.

Victor déclara qu'il allait s'occuper du bus, des réparations, de l'assurance, et d'absolument tout. Après un instant de silence, Joffrey répondit qu'il ferait le maximum de son côté, mais ne garantissait rien car Irène était douée d'une forte personnalité. Ce que Victor savait déjà. D'un signe du menton, ce dernier indiqua un bosquet de genévriers au-dessous duquel Irène et Olivier De Watt échangeaient quelques mots d'apparence anodine. « Ne tardez pas trop, mon père, murmura Victor. Vous voyez ça ? Ne tardez pas trop. Sauvez ce qui peut encore être sauvé... Merci. »

Le père Joffrey considéra Irène – qui souriait au chef de la police. Tandis que Victor sortait comme un bolide du parking au volant de son Aston Martin, le père Joffrey se caressa le menton et tâcha de comprendre qui était cette nouvelle Irène et où était celle qu'il avait connue, l'honorable mère de famille, l'honnête femme, qui sans doute n'avait pas eu une vie facile mais avait traversé les épreuves avec dignité, sans jamais perdre la Foi.

Ils se connaissaient depuis longtemps, depuis l'année qui avait précédé la première communion de ses deux fils, et si on lui avait dit alors qu'Irène Sollens, dans sa soixante-troisième année, se transformerait en pure Messaline, il aurait cru à une absurde plaisanterie. Il voyait bien, sans doute, qu'Irène était encore attirante et qu'elle n'avait pas encore tiré un trait sur les choses de la chair – ce qu'il ne voulait pas lui reprocher, vraiment pas, connaissant la faiblesse de la nature humaine – mais si Victor disait vrai, si Irène empruntait ce tortueux chemin, il serait bientôt de son devoir de la mettre en garde.

Tant mieux, si cela pouvait aider Victor. Tant mieux s'il pouvait faire d'une pierre deux coups.

Tant mieux s'il pouvait ramener Irène dans les bras de son mari – où se trouvait d'ailleurs sa vraie place – et satisfaire ainsi Victor qui avait effectué un formidable redressement spirituel, qui avait retrouvé ses marques, qui avait réintégré la communauté, priait chaque jour, offrait son énergie et son temps aux plus humbles... s'il y en avait un qui méritait d'être récompensé, qui leur avait offert ce magnifique minibus – dont il prenait en charge la réparation –, s'il y en avait un qui constituait le plus beau spectacle offert à un prêtre, la brebis retournant au bercail, la brebis recouvrant la foi, c'était Victor. Il fallait s'en féliciter. Quel grand bonheur. Il était évident qu'il devait parler à Irène et la persuader qu'elle faisait fausse route.

Il reporta son attention sur elle et sur De Watt qui poursuivaient leur conciliabule sous les genévriers et il se forgea très vite une opinion. Il y avait certainement anguille sous roche. Ils se parlaient d'assez près. D'un peu trop près, sans doute. Un problème allait se poser rapidement, augurait-il, et c'était à lui, Joffrey, qu'incombait la tâche délicate d'empêcher que les ennuis n'arrivent, c'était à lui d'amener Irène à se ressaisir.

Ainsi, pour commencer, s'avança-t-il vers eux et brisa-t-il leur intimité. Il s'incrusta. Distribua des sourires à droite et à gauche. Finalement, dépité, De Watt repartit vers son véhicule. Il avait de larges épaules, adoptait une coupe militaire... ce genre d'homme devait plaire aux femmes, du moins à certaines femmes, et Joffrey, le suivant des yeux, mesura les difficultés de la tâche qui l'attendait.

« Que se passe-t-il, mon père ? Quelque chose ne va pas ? » s'enquit Irène, prenant un air soupçonneux.

Elle savait ce qu'il pensait. Victor avait totalement subjugué cet imbécile de Joffrey. Qui lui avait tenu ce lamentable sermon sur le parking. Elle n'était pas près de lui signer un autre chèque. Voilà ce qu'il avait gagné. Quant à elle, c'est passablement agacée qu'elle rentra, qu'elle ôta sa voilette, qu'elle jeta ses gants sur le buffet en se dirigeant droit vers le bar, duquel elle fit promptement jaillir une bouteille. Encore une journée claire et lumineuse – que tamisaient des stores quasiment invisibles, taillés dans une nouvelle matière utilisée pour les gilets pare-balles – mais Joffrey avait trouvé le moyen d'assombrir son humeur, si bien qu'elle resta plantée avec son verre, comme frappée par la foudre, ruminant les propos que l'autre lui avait tenus.

Or Dieu pardonnait l'adultère s'il s'agissait de sauver son âme. Joffrey ne savait pas ça. Joffrey ne savait pas que le Seigneur permettait certaines choses dans certaines situations. Il n'était pas question qu'elle puisse retomber aux mains de Victor et le Seigneur voulait la justice... Irène ne connaissait pas d'autre moyen pour rompre le charme que Victor utilisait pour la tenir à sa merci. Elle devait coucher avec un autre homme. Elle devait se laisser sombrer dans les bras d'un autre. Pour se déconnecter, se désolidariser, se défaire de celui qui prétendait, stigmates à l'appui, qu'une force supérieure les unissait, contre laquelle on ne pouvait pas lutter – les plus atteints d'entre eux ne savaient plus quoi inventer pour parvenir à leurs fins, songeait-elle, et Victor brillait au milieu de ceux-là.

Sur la terrasse, Victor se redressa légèrement dans son transat et lui adressa un petit signe. Il portait de grosses lunettes de soleil, bien que l'ombre du parasol l'enveloppât de sa douce couverture. Elle ne répondit pas. Victor prenait un bain de soleil sur la terrasse. Sincèrement, elle devait se forcer pour y croire. Comment en était-elle arrivée là ?

Le temps pressait. Elle monta directement à sa chambre. S'il n'avait pas été là, elle aurait sans doute utilisé la terrasse, elle se serait mise en maillot et aurait bu un verre en grignotant quelque chose. Elle prit un bain. Elle examina ses seins et ses jambes et imagina les mains d'Olivier De Watt courant dessus.

L'expérience était tentante. De Watt semblait sportif, son corps devait être agréable au toucher. Élisabeth avait reconnu qu'elle était jalouse et que ce maudit policier pouvait bien se révéler une excellente affaire. « Il n'y a qu'à voir ses épaules, avait-elle soupiré. De superbes épaules, il a. »

Pour ne pas désirer être chevauchée par lui, il fallait au moins sortir d'une opération ou avoir l'esprit ailleurs. Inutile de le nier. Elle sentait le désir s'éveiller en elle. Sur le parking du cimetière, elle avait senti qu'elle tombait sous le charme tandis que lui-même, de son côté... L'arrivée de Joffrey les avait empêchés de voir plus loin, comme de fixer un rendez-vous par exemple, et elle pesta de nouveau à l'endroit du contretemps ainsi occasionné, après quoi son téléphone sonna. C'était Olivier. Elle fixa le nom du policier affiché sur l'écran. Olivier De Watt.

L'appareil continuait de sonner, mais elle ne décrocha pas. Resaupoudra son bain de quelques sels énergisants.

Le lendemain matin, elle se réveilla aux aurores et croisa Josianne dans la cuisine, immobile, postée devant un placard ouvert comme si le Saint-Esprit y était descendu, jusqu'au moment où elle tendit le bras pour attraper le paquet de café estampillé Commerce Équitable en poussant un bâillement à fendre l'âme. Elle dormait debout, visiblement. Elle déclara qu'elle n'avait pas les yeux bien en face. Irène fit griller des toasts. Il était temps, se disait-elle, que David obtienne une permission de sortie, sinon Josianne allait se briser en mille morceaux.

Les visites finissaient par la rendre folle. Elle travaillait huit heures comme infirmière, et même plutôt neuf ou dix, après quoi elle retrouvait David et restait avec lui jusqu'au soir. Ainsi, les journées se faisaient-elles longues et titubait-elle un peu à l'heure du crépuscule, et encore davantage le matin.

Le jour se levait, elle avait l'air d'un zombie. Elle avait une mine épouvantable. Irène lui pressa une orange. Elle engagea Josianne à tenir bon car le plus dur était passé. Il ne fallait plus y penser. À ces mots, Josianne grimaça atrocement. Irène lui saisit les mains et les garda serrées contre elle. « Je sais, glissa-t-elle à l'oreille de la pauvre infirmière qui baissait terriblement la tête, envahie par l'émotion. Je sais. Ma pauvre chérie. Il va falloir oublier tout ça. Il n'y a pas d'autre solution. Je sais. Cela demande un effort gigantesque, oui, sans doute...

mais la lumière sera au bout du chemin. Tu n'auras pas à t'en plaindre. Tes efforts seront récompensés. »

On pouvait mettre du gin, dans le jus d'orange. Jamais Irène n'aurait recommandé un tel traitement en temps normal. Jamais d'alcool fort avant la tombée du soir, telle était sa devise. Les exceptions étaient rares.

Bref, un verre de gin de bon matin donnait un sérieux coup de fouet. Bien que se laissant choir sur le canapé, le regard de Josianne brilla d'un éclat sombre.

« Je trouve qu'il va bien, son bras. Vous ne trouvez pas ?

— Oui, je le crois aussi. Tu as raison. Je ne serais pas étonnée qu'il soit bientôt guéri.

— Je ne comprends pas ce qu'on attend. L'abbé attend quoi ? Pourquoi attendre ? Son bras est guéri. Il n'a qu'à sortir David de là. Ils n'ont qu'à courir ensemble.

— Ils vont le faire. Ils vont le faire, bien sûr. Ce sera un premier pas en avant. Ce sera le signe que nous remontons la pente. J'imagine qu'ils pourraient très bien venir jusqu'ici et nous pourrions les garder à déjeuner. Ce serait un début. Ce serait une source d'apaisement pour tout le monde. Ne crois pas que je l'ignore. »

Elle caressa l'épaule de sa bru. Il aurait certainement fallu qu'elle manifestât plus d'intérêt pour les malheurs de Josianne mais il ne s'écoulait pas plus d'une dizaine de minutes sans qu'une parfaite image d'Olivier De Watt ne parasitât ses pensées et ne s'imposât à son esprit. Ça en devenait gênant. Allait-elle penser à lui jusqu'au soir ?

De profonds changements s'étaient opérés en elle au cours de ces derniers mois. Une nouvelle attirance pour les hommes, bien sûr, elle le reconnaissait volontiers, réel penchant qu'elle devait combattre et en même temps accepter pour se libérer de Victor. Mais il fallait aussi compter avec le départ de ses deux fils et le sentiment d'abandon qu'ils avaient aiguisé dans son cœur. Qui se souciait vraiment d'elle ? Qui venait à son secours ?

Olivier De Watt chercha à la joindre tout au long de la matinée. Elle ne répondit pas. Elle désirait s'aguerrir. Elle eut une longue conversation avec Josianne sur l'utilisation ou non du préservatif, un sujet qui semblait l'inquiéter et qui alerta l'infirmière. « Écoutez, Irène... Je ne sais pas... je vous en prie... pourquoi me demandez-vous tout ça ? »

Question idiote. Pourquoi une femme se serait-elle intéressée au délicat problème du préservatif si c'était pour aller tricoter ou aller lire Ovide ou bien rincer une salade verte ? Josianne grimaça de plus belle à l'idée qu'Irène allait encore les faire se ronger d'inquiétude si elle se lançait à nouveau dans une de ces aventures dont elle avait le secret. Cette dernière tâcha de la rassurer en arguant du fait que l'homme en question n'était autre que le chef de la police, mais Josianne considéra qu'il ne s'agissait pas là d'un élément probant, susceptible d'affranchir Olivier De Watt de tel ou tel comportement déviant. Un homme placé à un poste de pouvoir ne devenait pas meilleur, mais pire. Et aussi bien, nombre de femmes ayant couché avec des policiers s'en étaient mordu les doigts – car certains s'étaient révélés de parfaits psychopathes, certains avaient ignoblement utilisé leur arme de service en parfaits pervers et dérangés qu'ils étaient.

Irène déclara que les chances de tomber deux fois dans sa vie sur un maniaque sexuel étaient d'environ une sur un million – sauf à se balader la nuit, seule et sans défense, dans n'importe quelle grande ville occidentale, bien entendu.

« Oh mon Dieu ! s'angoissa Josianne. S'ils apprennent que j'étais au courant et que je n'ai rien fait pour vous en empêcher... attendez, attendez-voir, ils vont me mettre en pièces, vous savez, ils vont me tomber dessus, je le sais très bien.

— Et comment l'apprendraient-ils ? Tu as l'intention de le leur dire ? Ai-je l'intention de le leur dire ? S'il te plaît, ma chérie, réfléchis une minute. »

Josianne leva les yeux vers sa belle-mère, la trouvant une fois de plus réellement étonnante. Elle se demandait assez souvent ce qu'Irène pensait d'elle et, au fond, elle ne le savait pas très bien. Elle aurait donné cher pour que celle-ci la tienne en son estime, elle aurait donné cher pour se prévaloir du respect de cette femme – être dans ses petits papiers, comme l'incontournable Catherine Da Silva, laquelle, entre parenthèses, semblait avoir choisi de l'ignorer pour finir –, mais comment savoir ce qu'Irène pensait réellement, comment savoir si ses caresses et ses sourires étaient *vrais* ?

Quelque chose lui disait que cela prendrait du temps. Quelque chose lui disait qu'Irène s'était forgé une solide carapace et qu'il faudrait du temps pour l'approcher. Décidément, elle n'avait pas de chance, avec les Sollens. Elle n'était sans doute pas assez bien pour eux. David avait beau lui affirmer le contraire, elle n'était pas tout à fait dupe. Toutes les filles, à l'hôpital, connaissaient le problème et plaignaient celle qui fonçait dans le piège tête baissée. Les exemples fourmillaient. Les mondes se mélangeaient difficilement. Pour n'avoir pas voulu rester à leur place, pour avoir cru que l'on pouvait aisément changer de condition, pour s'être montrées si naïves, si impressionnables, combien n'avaient récolté qu'humiliation, souffrance, et mépris ? Il était assez rare d'y échapper.

Irène rejoignit Olivier De Watt en début d'après-midi, après avoir passé trois quarts d'heure à réconforter Josianne qui filait réellement un mauvais coton. La pauvre fille méritait la plus absolue compassion. Mais elle avait un peu tendance à s'écouter et son caractère ne s'arrangeait pas. En ville, elle conduisait sa Mini comme une dératée, des poings se levaient sur son passage – Victor lui-même n'en comptait pas autant.

Il s'agissait d'un vaste studio, situé au sommet d'un immeuble. Elle s'avança vers la baie tandis qu'il refermait la porte et elle observa la vue avec plaisir. La cité se détachait sur un fond de verdure exhubérante, l'air semblait assez pur. Un avion traversait le ciel, accompagné d'un trait blanc dont la queue s'estompait.

Il posa ses mains sur ses épaules, se pressa dans

son dos. Elle pensa qu'à ce stade les choses allaient forcément à leur terme, que plus rien ne pouvait les arrêter et, à ce moment, elle sentit son souffle dans son cou et une intense émotion l'envahit.

Elle allait se donner à un autre homme. Ensuite, plus rien ne serait pareil. Elle redeviendrait forte. Et elle mettrait Victor à la porte, le renverrait d'où il venait. Bientôt, elle allait appartenir au policier et cette perspective l'enchantait car elle savait qu'elle était passée à un cheveu de la défaillance, à un cheveu de la plus grande et ultime défaite de sa vie. Elle respirait. En gonflant ses poumons, elle brisait des cerceaux d'acier. Il l'embrassa dans la nuque et lui caressa les seins en poussant un grognement dans son dos. Elle plaqua ses deux mains sur la vitre. En bas, le trafic de la rue paraissait calme, les baies des immeubles voisins miroitaient. Il se frotta contre son postérieur. Qu'elle tendit vers lui. Le plus étonnant était qu'ils se fussent croisés durant des années. Elle se rappelait avoir dansé avec lui en différentes occasions, dîné quelques fois à la même table, l'avoir croisé à des réceptions, sans qu'il y ait eu la moindre équivoque, et voilà qu'aujourd'hui il soulevait sa jupe et fouillait entre ses cuisses avec beaucoup d'empressement.

En tout cas, elle ne regrettait rien. Elle mouillait. Olivier De Watt baissa son pantalon. En entrant, elle avait jeté un coup d'œil au king size qui occupait le fond de la pièce, mais il semblait qu'ils n'allaient pas en faire usage, du moins dans l'immédiat.

C'était la première fois qu'elle pratiquait l'exercice debout – tant d'inexpérience frôlait l'inconcevable, se disait-elle. Or, passé un moment de surprise, elle ne tarda pas à pleinement apprécier cette façon de procéder – bien qu'enfouir la tête dans un oreiller dispensait de se mordre la main –, se jurant de militer pour cette manière de s'y prendre, dorénavant.

Lorsqu'elle avait quitté la maison, moins d'une heure plus tôt, elle avait eu un dernier regard pour Victor qui se préparait à ouvrir son courrier. Sans doute n'aurait-elle pas pu résister encore très longtemps, avait-elle jugé. Quand il avait levé les yeux sur elle, interrogatif, elle avait eu un sourire indulgent.

Tout cela semblait loin, à présent. À présent, elle était une autre femme. Olivier De Watt envoya sa chemise dans les airs, puis il l'entraîna et ils basculèrent sur le lit. Certes, le sexe, du moins celui qu'ils pratiquaient, en l'occurrence, était considéré comme un péché, bien sûr, mais elle avait très peu péché au cours de ces dernières années et elle estimait que cela devait compter, qu'il s'agissait d'une sorte de crédit dans lequel elle pouvait puiser sans que l'on puisse lui reprocher quoi que ce soit. Ce n'était pas à Joffrey de lui faire la morale. Il savait comme elle avait souffert. Il avait vu l'état dans lequel Victor l'avait mise en quittant le domicile conjugal. Elle se demandait si Joffrey avait été lobotomisé. Si, à l'époque, il n'aurait pas tendu la main aux Allemands.

En tout cas, De Watt faisait parfaitement bien l'amour. Sans doute transpirait-il un peu trop, mais c'était bien le seul reproche qu'on pouvait lui faire. Ce type était charmant. Elle ne regrettait pas une seconde de s'abandonner dans ses bras. Elle sentait qu'elle perdait un peu la tête, que le plaisir l'emportait. Victor était à des milliers de kilomètres. Elle l'avait envoyé sur une autre galaxie. Elle en soupira de plaisir.

Un orgasme la traversa comme une soucoupe volante un ciel bleu. Tout à fait agréable. Olivier De Watt avait des bras solides auxquels elle s'accrocha pour soulever son bassin afin d'échanger le maximum avec son partenaire, de gagner quelques centimètres supplémentaires. Très agréable. Très très agréable. Victor ne l'avait pas volé. Elle poussa quelques petits gémissements de plaisir et de terreur, en alternance. Ce qu'elle faisait la dépassait.

Les quelques faveurs qu'elle avait accordées à Victor, au cours de ces derniers mois, s'étaient certes révélées plus pimentées que celles qu'elle gardait dans son souvenir, Victor avait fait des progrès, il y mettait du cœur – au point que le danger grandissait à vue d'œil –, mais Olivier avait vingt ans de moins et cela se sentait.

Elle se voyait dans une glace au-dessus du lit : ses joues étaient rouge vif. Olivier luisait.

Son sexe était plus gros que celui de Victor, cela ne faisait aucun doute, et malgré toutes les sottises que l'on pouvait entendre à ce propos, la grosseur avait son importance, disons les choses comme elles sont. Assez d'hypocrisie. De même que le prépuce. La Nature ne crée jamais rien d'inutile. La Nature ne peut pas se tromper. Quoi qu'il en soit, le plaisir d'Irène était grand. Ses bouts de seins pointaient comme des demi-doigts gélatineux.

Il lui tardait de rendre compte de son aventure à Élisabeth, qui l'avait trop longtemps jugée timorée en la matière. En fait, il suffisait qu'elle trouve le bon partenaire, inutile d'aller chercher plus loin. Sans doute avait-elle pris son temps, joué les difficiles par le passé, mais l'attente se révélait payante. Olivier était parfait. Elle se souvenait tout à fait bien des frissons de volupté que l'homme à la camionnette avait déclenchés en elle avant de l'emporter dans les bois, et voilà qu'elle retrouvait ces sensations, voilà qu'un vrai bonheur l'envahissait tandis qu'Olivier la limait consciencieusement en lui répétant qu'il avait rêvé de cet instant depuis si longtemps qu'il en avait les jambes qui tremblaient encore.

Quoi qu'il en soit, elle était ravie. Elle avait un amant. Elle allait pouvoir échapper à Victor et pousser cette porte qui ouvrait sur le monde inconnu de l'adultère. Joffrey aurait sans doute eu un malaise s'il avait eu vent de ses pensées à cet instant précis, s'il avait pu voir avec quelle légèreté elle s'affranchissait d'un commandement qu'il évoquait dans chacun de ses sermons au regard de la déliquescence actuelle. Mais Joffrey pouvait bien s'étrangler. Elle se confesserait directement auprès du Seigneur et communierait sans état d'âme car il y avait un péché encore plus grand que celui de l'adultère. Se déshonorer. Déshonorer la personne que l'on était. Lui ôter sa dignité. Victor avait failli la faire capituler – la condamnant à se détester jusqu'à la fin de ses jours. Elle en frissonnait encore. L'adultère n'était rien comparé à la perte de l'âme. Elle y avait longuement réfléchi. Elle se serait littéralement damnée si elle avait accepté de reprendre la vie commune avec lui en tant que mari et femme. Le Seigneur l'aurait vomie. Joffrey n'aurait sans doute pas approuvé cette façon de voir les choses, les libertés qu'elle prenait avec le dogme, son interpretation très personnelle des Évangiles. Mais Joffrey n'était pas la femme de Victor Sollens. Joffrey ne connaissait rien à la vraie vie.

Le soir même, rentrant chez lui au terme d'un après-midi entier de paperasses avec Béa – entrecoupé des interrogations qu'il se posait à propos de cette histoire avec Catherine Da Silva, de l'abandon auquel il s'était livré dans les bras de son ancienne partenaire –

« Je me demande si je ne suis pas malade, Béa. Hier encore, c'était votre sœur. À ce propos, comment va-t-elle ? Aujourd'hui, c'est Catherine.

— On se demande à qui le tour, demain.

— Ils ont promis que je guérirai. Ils ont un taux de réussite de quatre-vingt-dix pour cent. Une fois que vous êtes bien intégré au groupe, vous vous sentez soutenu.

— Malade ? Alors là, Marc, je vous assure... Malade ? Allons, soyons sérieux. Vous êtes un homme. Vous êtes dans la force de l'âge... Vous n'êtes pas plus malade que moi. Allons donc.

— Merci, Béa. Vous êtes gentille. Mais je suis vraiment atteint. Putain. Ils l'ont vu tout de suite. Je vous assure qu'ils n'ont pas hésité une minute. “Sois le bienvenu parmi nous, frère Marc. Bienvenue au pays des obsédés, mon petit gars.” C’est comme je vous le dis, Béa.

— Je regrette, mais je n’en crois rien. Sinon, expliquez-moi une chose. Comment se fait-il que ni moi ni aucune autre n’ayons eu à repousser vos avances ? Si vous êtes celui que vous prétendez. Si vos pulsions sexuelles sont tellement fortes.

— C’est un miracle, Béa. C’est tout simplement un miracle. »

... entrant chez lui, donc, le soir même, longeant le fleuve, Marc reçut un appel de Sylvie qui semblait complètement paniquée à l’idée que Paul déclinait d’heure en heure et qu’elle ne savait pas qui allait assurer sa subsistance, à elle, en cas de malheur. Il lui expliqua qu’elle n’allait pas mourir de faim car le pays allouait quelques euros à ceux qui n’avaient pas de travail et il reçut en retour une bordée d’injures. Comme il se garait, il lui sembla apercevoir une lueur bleue palpiter faiblement dans le salon des Damanti.

Édith n’était pas au premier, mais son ordinateur était encore allumé. Pas davantage dans le jardin – qu’il avait tondu deux jours plus tôt et qui était revenu à son état initial. Il grimaça en pensant qu’il y avait fort à parier qu’elle fût chez les voisins. Avec Marga, bien sûr. Il lui avait fait part de ses réflexions à ce sujet. Il n’avait pas caché que son impression initiale concernant cette dernière n’avait guère changé et qu’il fallait se méfier. Ce chien n’était pas monté tout seul dans l’arbre et il n’avait pas grillé tout seul. Ce qui n’empêchait pas Marga d’être une fille sympathique, une aimable voisine, lui-même n'avait rien contre boire un verre de temps à autre ou cuire un poisson en sa compagnie... mais tout en observant une certaine distance. En restant sur le qui-vive. Or, Édith avait baissé la garde depuis quelque temps. Elle ne le reconnaissait pas vraiment mais elle ne prenait plus aucune précaution et copinait à mort avec Marga. Il n'en revenait pas. Plus il lui disait de faire attention et plus elle passait son temps avec l'autre.

L'esprit de contradiction. Lorsque l'on connaissait Édith, on s'en étonnait peu. Elle n'était pas pour rien dans le combat qu'ils s'étaient livré, David et lui. Elle l'avait entretenu. Lui réservant un traitement erratique mais ponctuellement dévastateur. Elle ne les avait pas épargnés. Chaque fois qu'il y pensait, il baissait la tête.

Il sortit et respira l'air tiède qui montait du fleuve, sous le ciel étoilé. Mais il ne regrettait rien. Elle n'avait pas changé, voilà tout – ceux qui réalisaient l'exploit inverse étaient rares. Elle avait le tête dure comme du bois et ce bois était toujours aussi dur, vingt ans après – c'était dire la puissance du charme d'Édith, c'était dire qu'il fallait qu'on soit réellement amoureux pour s'arranger d'une entêtée pareille.

Des grenouilles chantaient dans les hautes herbes grasses quand le passage d'un renard ne les réduisait pas au silence – et ils étaient nombreux, parfois des familles entières, à descendre dans la vallée pour inspecter les poubelles. Quelques hérons planaient au-dessus du fleuve, dans le clair de lune. Il traversa les deux jardins dont la haie mitoyenne s'était à ce point étoffée qu'il devenait difficile de la franchir sans encombre – en ville, on commençait à parler d'une nouvelle génération de défoliant s'il le fallait, d'une mixture qui empêcherait la sève de monter car chacun en avait assez de tondre sa pelouse deux fois par semaine, de tailler les branches, de faire des confitures, de cueillir des bouquets, etc.

Celui des deux chiens qui restait semblait à présent traîner comme une âme en peine et c'est à peine s'il réagit lorsque Marc sortit de la haie et s'avança vers la maison. L'état de l'animal apportait une preuve supplémentaire que quelque chose ne tournait pas rond dans cette demeure, mais il n'y avait pas de plus grand aveugle que celui qui ne voulait pas voir. Il secoua la tête. Édith avait toujours une explication rationnelle à donner sur les faits et gestes de son amie Marga. Rien, pensait-il, rien ne pourrait la convaincre d'ouvrir les yeux. On voyait les côtes du danois, sa maigreur faisait peur, son pelage terne. Marc lui caressa la tête. Franchir les quelques marches qui menaient au perron des Damanti, pour ce pauvre imbécile de chien, constituait déjà une épreuve. Mais celui qui ne veut pas voir est plus aveugle que tous les aveugles.

Elles se tenaient dans le salon. La baie était ouverte. Elles se turent lorsqu'elles le virent apparaître. Ce n'était pas la première fois. Elles prétendaient le contraire, mais toujours est-il qu'elles se taisaient ni plus ni moins. Si elles ne s'en rendaient pas compte, c'était encore plus grave. Il se servit un verre. Le bar des Damanti était bien achalandé. Il versa de la glace pilée dans son gin soda. Elles le regardèrent. Il s'installa sur le canapé du salon. La nuque renversée en arrière, il inspecta le plafond. Le plafond était peint en bleu nuit. Les murs étaient peints en bleu nuit. Marga avait refait la décoration. Un peu plus tôt, une lueur bleue avait envahi cette pièce. Mais aucune des deux ne voudrait le reconnaître. Elles jureraient qu'il avait rêvé. En prenant un air innocent. Il alluma une cigarette. « Le bleu nuit est reposant », dit-il. Marga acquiesça. Édith regarda ailleurs. Il remit sa tête droite et vida la moitié de son verre. Du regard, il chercha un cendrier. Inutile de se demander ce qu'elles fabriquaient. Chacun savait très bien ce que l'autre fabriquait. Du dehors, de la nuit claire et limpide, tombait une lumière presque blanche. Édith s'étira en baillant. Chacun savait ce que cela voulait dire. Il fit tourner les glaçons dans son verre. Il se pencha en avant et attrapa la télécommande qu'il brandit vers la télé. Le son était coupé mais on voyait parfaitement bien la zone qu'avait ravagé l'incendie – dont certains foyers subsistaient encore à la grande exaspération du chef des pompiers. Le type avait une énorme bouche. Très bizarre. De la fumée tourbillonnait dans son dos. Marc hocha la tête. Son père et sa mère étaient à l'origine du feu qui avait détruit des hectares de forêt. Il fallait qu'ils se calment. Que la famille entière se calme. Sur le canal suivant la terre tremblait sous une centrale nucléaire, dans la région de Tokyo. Des bidons s'étaient renversés les uns sur les autres, des vapeurs toxiques s'étaient échappées dans l'air et dans l'eau. Le directeur de l'usine n'en menait pas large.

Le silence était juste rompu par les grincements

caoutchouteux d'un fauteuil à l'étage. Ils se regardèrent à nouveau. Du dehors, le danois les observait en remuant la queue.

Il termina son verre et se leva en prétextant qu'il était éreinté. Les deux femmes hochèrent vaguement la tête.

Comme il sortait, Gilbert l'interpella depuis la fenêtre du premier. « C'est toi, Marc ? lança-t-il. Dieu soit loué. Viens-donc me voir une minute.

— Désolé, vieux, mais je ne vais pas avoir le temps. »

Les deux femmes auraient sans doute apprécié qu'une plus solide camaraderie unît Marc et Gilbert, mais elles n'avaient pas eu le plaisir de voir éclore davantage qu'une relation de bon voisinage entre leurs compagnons. Marc prétextait de la dizaine d'années qui les séparait pour expliquer le manque d'atomes crochus qui handicapait durablement leur rapport, et cela ne constituait pas réellement un mensonge. Dix années d'écart. Gilbert portait des polos Ralph Lauren et des mocassins à glands. Des polos couleur pastel. Et comment pouvait-on totalement pardonner à un homme de vous avoir braqué une arme en pleine figure ?

Les dix années en paraissaient aujourd'hui vingt. Plaisanterie à part, Gilbert semblait avoir avalé un de ces poisons dont se servent les Russes pour éliminer leurs concurrents ou leurs espions en fuite. Si la peau de son visage n'était pas abominablement grêlée, elle ne s'en trouvait pas moins horriblement parcheminée et grisâtre, de sorte que sa compagnie n'était pas très engageante, pour commencer.

Lui rendre visite alors qu'il était tard, alors que l'entrevue avec les deux femmes le laissait confondu, alors qu'avoir baisé Catherine le contrariait – lui revenait régulièrement à l'esprit comme pour le punir –, retrouver Gilbert dans sa chambre, et bien que le pauvre gars fût dans un état pitoyable, ne lui disait rien du tout. Mais Marga rouvrit la baie sur ses talons et l'informa que Gilbert désirait le voir.

« D'accord, Gil, mais pas plus de cinq minutes, lança-t-il à l'adresse de celui dont la sombre silhouette s'agitait à la fenêtre du premier. Les filles te le diront, hein, je suis vanné. »

Marga portait une jupe et des talons hauts. On pouvait presque voir au travers, selon l'éclairage. Nul besoin d'être obsédé sexuel pour remarquer ce genre de détail – mais si vous en étiez un, si cette malédiction vous était échue, alors vous viviez un calvaire, alors vous vous en preniez plein la figure, le chemin devenait un véritable apprentissage de la douleur, rouge et lumineux, hérissé de pointes. Cependant, il la suivit à l'intérieur. La tête basse. Le travail qu'il fallait accomplir sur soi-même, quelquefois, pouvait sembler à tout jamais un but inaccessible surtout si l'on avait le sentiment de lutter contre *la nature* de l'homme, si l'on était sensible au côté *sulfureux* de cette femme.

Par chance, Marga n'emprunta pas l'escalier devant lui – comme quoi, le pire n'était jamais certain – mais la montée n'en fut pas moins éprouvante – certaines images pouvaient le poursuivre durant des heures, des jours entiers – et la fréquence et la durée de ces apparitions démontraient que sa fièvre empirait – mais les S.A. le soutenaient à fond, les S.A. le réconfortaient en lui caressant le dos, les S.A. et lui faisaient désormais la route ensemble.

Gilbert vint lui ouvrir et retourna à son fauteuil en grimaçant. Ses cuisses le lâchaient. Le mal qui le rongeait de l'intérieur s'attaquait principalement à ses cuisses.

Il se manipula la mâchoire comme s'il souhaitait la remettre en place. « Est-ce que ce type est mort ? » demanda-t-il d'une voix tremblante.

Ils échangèrent un regard durant quelques instants. Puis Marc fit signe que non et l'autre poussa un soupir de soulagement. « Moralement, ce qu'elle fait est indéfendable », déclara Gilbert en secouant la tête.

7.

Le père Joffrey releva la tête et cligna des yeux en fixant quelques nuages d'altitude tandis que Marc lui nouait ses lacets – de bonnes Adidas qui accrochaient bien et qui ne se faisaient plus depuis dix ans. Il avait son bras en écharpe. Enfiler sa tenue n'avait pas constitué un exercice très facile, mais nouer des lacets d'une main, non. Enfiler une aiguille, non.

Courir, oui. Il était venu pour ça. Sortir David. Lui faire goûter de nouveau l'air du dehors. Où était la morale, là-dedans ? Où était la morale ? s'interrogeait-il tout en priant Marc de ne pas serrer trop fort. Il aimait David de tout son cœur, bien sûr, mais David était devenu un assassin que sa famille et ses amis avaient soustrait à la justice. Lui-même, malgré sa charge, avait œuvré en sa faveur, lui-même s'était retrouvé du côté du mensonge et cela pesait, cela pesait et pesait, sans doute, mais il avait connu David lorsque celui-ci n'était encore qu'un garçonnet inoffensif, blond comme les blés – et déjà diablement doué pour la course à pied.

« Est-ce qu'elle invoque le Diable ? Ses démons ?

Est-ce qu'elle se livre à des choses épouvantables ? Répréhensibles ? Parce que si c'est le cas... »

Marc secoua énergiquement, négativement la tête – malgré les macabres découvertes que l'on faisait dans le jardin de ses sacrés voisins. Joffrey sembla rassuré. « Moralement, bien sûr, c'est indéfendable », soupira-t-il.

Marc termina sa besogne. « C'est à toi de voir ce que tu dois faire, mon garçon, reprit Joffrey. Fais ce que ta conscience te dicte. D'un côté comme de l'autre, ton choix ne pourra pas être entièrement mauvais. »

Marc se redressa. « Dénoncer son prochain, est-ce que ça se fait ? Est-ce que c'est cool ?

— Ce n'est pas recommandé. Mais il y a un homme en train de mourir.

— J'entends bien. Mais elle ne sait pas comment arrêter ça. Je sais qu'elle ne contrôle rien. Gilbert me l'a dit. Son pouvoir la dépasse. Elles sont en train de se mordre les doigts. Je pense qu'elles voulaient juste que Paul attrape une colique ou un lumbago, histoire de lui flanquer la frousse, histoire de lui donner un avertissement. Or à présent, son diagnostic est réservé, pas moins, voilà où l'on en est... sidérant... et elles y sont jusqu'au cou.

— Marc, je suis abasourdi de voir combien les gens font peu de cas de la vie de leurs semblables.

— Ah oui ?

— Je ne m'attendais pas à voir Édith se laissant entraîner dans une telle histoire, je te le certifie. »

Marc ricana. Trucider quelqu'un à distance, par le

seul pouvoir de sa pensée, était un rêve que caressaient la plupart des humains.

« En tout cas, c'est clair, j'irai voir cet homme. Tu peux le leur dire. Je n'ai pas que ça à faire mais je tâcherai de trouver un moment. »

En attendant, c'était son tour de courir le bras en écharpe et il regrettait amèrement de ne pas pouvoir offrir à David un compagnon à la hauteur pour sa première sortie.

À l'autre bout de la ville, Josianne et Irène les attendaient avec impatience. Marc et Victor n'avaient échangé ni un regard ni une parole mais ils avaient aidé à dresser la table. Édith avait préparé des *mojitos* – après que Josianne en eut fait aimablement et expressément la demande auprès d'elle. Sonia se tenait à environ vingt mètres de Roberto qui avait choisi le coin le plus reculé du vaste salon et adoptait le profil le plus bas qu'on pût imaginer.

Depuis le fleuve, la route montait à trente degrés et à moins de s'élancer dans les bois largement touffus, il était inutile d'y chercher de l'ombre.

Victor suivit la progression des deux hommes à la jumelle. L'attente avait été longue. Puis ils étaient soudain apparus et Victor avait annoncé qu'il les avait dans son collimateur et que Joffrey semblait souffrir mille morts – il traînait littéralement du pied gauche. Josianne vérifia son gratin et annonça qu'il serait prêt dans un quart d'heure. Le timing était parfait. Irène écouta ses messages. Marc en était encore à se demander comment il avait fait son compte pour baiser Catherine, oui, comment de telles choses arrivaient, comment ne se retrouvait-on pas plus souvent à fumer du crack dans sa cuisine ?

Victor examina le thermomètre qui indiquait trente – à l'ombre –, lui donna une pichenette pour s'assurer qu'il fonctionnait bien, puis reporta son regard sur la dernière portion de ligne droite dont le bitume ondulait dans la chaleur. On s'attendait à voir apparaître les deux coureurs d'une seconde à l'autre, à la sortie du dernier virage – les Sollens, avec le temps, y avaient laissé des kilos de gomme à force de le négocier sur les chapeaux de roues, les voisins étaient furieux, en particulier ceux qui avaient dû mordre le talus.

Tout le monde était sorti sur le devant de la maison dont la porte se trouvait ornée d'une banderole de bienvenue que Géraldine avait entièrement calligraphiée et coloriée à la main, destinée à son beau-père et au saint homme qui l'accompagnait dans sa course – Josianne avait négocié l'œuvre au prix de l'album d'un groupe de petits débiles que les fillettes s'arrachaient pour une raison que personne n'aurait pu expliquer. Chacun retenait plus ou moins son souffle, légèrement honteux et ravi à la fois, surtout ravi au vu des larmes qui brillaient sur les joues de Josianne dont chacun s'accordait à penser que les nerfs étaient mis à rude épreuve depuis la mort de son fils. Son émotion, à cet instant, faisait plaisir à voir. Lorsqu'elle tenait la main de sa fille, son autre main se refermait encore parfois sur le vide. Chacun considérait comme une bonne chose que son mari lui fût au moins partiellement rendu et la première place lui revenait sans la moindre discussion possible, à l'entrée du portail – Irène se tenait juste derrière elle, une main sur l'épaule de Géraldine qui grimaçait dans le soleil.

La chaînette n'avait guère plus que l'épaisseur d'un doigt mais il s'agissait d'un alliage de bonne qualité qui balayait tout soupçon de plaisanterie quant à cette affaire de semi-liberté que les autorités mettaient en place pour vider prisons et hopitaux hystériquement surpeuplés. Elle mesurait environ un mètre cinquante et brillait comme du chrome. On l'entendait cliqueter tandis que David et Joffrey arrivaient au petit trot, couverts de sueur – Joffrey tournait vers le ciel un regard de saint Sébastien criblé de flèches, le bras en écharpe, traînant la jambe, une mèche blanche collée au front.

Avant de serrer son mari dans ses bras, Josianne lui déclara qu'elle avait préparé un gratin de macaronis, ce qui la fit pleurer de plus belle. En attendant, on fit porter une chaise à l'intention du père Joffrey qui suppliait qu'on lui versât une bouteille d'eau sur la tête. Cette montée était bien connue des sportifs qui ne s'y frottaient qu'une fois bien entraînés et Joffrey déclara qu'il avait présumé de ses forces et n'avait été qu'un pénible boulet.

Les nuits viendraient plus tard. Pour commencer, ils n'avaient droit qu'à quelques heures, mais le premier pas était fait et Marc regretta de ne pas avoir été celui qui avait partagé la première sortie de son frère comme il le lui avait promis. Ce ne serait pas arrivé, autrefois. En aucune façon. Les choses changeaient. Pas mal de choses avaient changé. Il n'était plus tout seul. Édith l'avait fait revenir au monde. Édith l'avait ramené sur un rivage solide. Sans doute pas en aussi grande forme qu'on l'aurait souhaité, pas blanc comme neige, mais relativement sain et sauf, et en voie de guérison... Au point d'en oublier David. Lequel croupissait au fond d'une cellule. D'où, sans doute, il l'attendait. Quoi qu'il prétendît. Il regarda ailleurs.

Il annonça que le prochain tour serait le sien, tandis qu'ils rentraient et qu'on les frictionnait de serviettes sèches. « Vendu ! » grommela le père Joffrey en tirant sur son bracelet pour aller s'effondrer sur le premier fauteuil venu. Marc se demanda s'il avait perçu un brin d'amertume dans le sourire de David.

Roberto resta plus ou moins caché avant que l'on ne passât à table, sans cesse à la recherche d'un pot de fleurs ou d'un abat-jour derrière quoi s'abriter, mais certains avaient David à l'œil, prêts à intervenir au cas où ce dernier réagirait trop mal. On en avait parlé. On n'oubliait pas que David avait poignardé Joël pour moins que ça. David prenait son rôle d'oncle un peu trop au sérieux, non ? De quoi se tenir sur ses gardes, en tout cas.

Chacun avait pu, lors d'une visite, mesurer le degré de contrariété que provoquait chez lui la liaison qu'entretenait Roberto avec sa nièce. Il en parlait à chaque fois, engageait les uns et les autres à faire cesser la chose, à chasser Roberto, à condamner quiconque lui prêterait assistance durant son exil.

« Ce fils de pute, ce pédophile ! s'étranglait-il. Mince. Moi, j'ai bien envie d'aller lui botter le cul. Hein, puisqu'encore une fois, personne ne le fait. Personne ne fait rien. » Marc lui avait promis les pires foudres si jamais il touchait un seul cheveu du salopard. « Parce que si tu es vraiment dingue, autant rester où tu es, d'accord ? Est-ce que c'est clair ? »

Quoi qu'il en soit, une certaine prudence s'imposait. On distribua les *mojitos*. On installa les enchaînés sur une banquette et on porta un toast à leur performance ainsi qu'à la présence de David dans cette maison qui l'avait vu naître.

Joffrey, au terme de ses souffrances, était radieux. « Quel plaisir de voir la famille réunie ! » déclara-t-il en levant son verre. Un observateur attentif aurait sans doute noté quelques brefs coups d'œil de David en direction de Roberto – qui ne reçut volées ni de couteaux, ni de haches, ni de poignards, autant qu'il paraissait.

Bientôt se répandit la sensation que tout danger était écarté et l'on profita d'une courte toilette des deux sportifs pour échanger dans leur dos les résultats des différentes observations et opinions concernant l'état du ciel ambiant, et tous se montraient optimistes, absolument rassurants quant à l'éventualité d'une empoignade quelconque à présent. Tout allait bien. Roberto leur adressa un sourire déconfit. Il se tenait si voûté qu'on aurait presque dit un nain. Les regards concentrés sur lui n'étaient cependant pas dénués de reproches – il ne perdait rien pour attendre.

Le gratin était prêt. Irène s'enhardit au point de déposer un baiser rapide sur la tête de David avant de gagner sa place. Elle s'était étonnée que se mît à rebattre son cœur de mère lorsque David avait été enfermé, balayant tout le reste, balayant la rancœur qu'elle éprouvait envers ses deux fils pour le peu d'égards obtenu en retour de tout l'amour, de tous les sacrifices qu'elle avait consentis pour eux – mais depuis qu'elle couchait avec Olivier De Watt, elle y pensait bien moins.

Quand chacun fut installé, Victor se leva et remercia le Seigneur pour la grande joie qu'Il leur accordait dans Son Infinie Bonté. Joffrey, qui s'était recoiffé et avait le visage encore enflammé, leva son verre et on l'imita. Après quoi Josianne apporta son gratin que l'on qualifia de véritable splendeur. Jusqu'au moment où David balança le plat à la figure de Roberto.

Le soir tombait lorsque Joffrey appela et annonça que David s'était simplement retourné le petit doigt, qu'il n'était pas cassé. Coincé dans les embouteillages, Marc hocha vaguement la tête en observant le crépuscule – l'horizon semblait l'aspirer dans son entonnoir ténébreux. Se casser un doigt n'aurait pas été trop cher payé, songeait-il, presque déçu.

Sans doute Roberto ne l'avait-il pas volé. Son absence de réaction, son silence tandis qu'on poussait des « Oh Mon Dieu ! », qu'on s'indignait autour de lui, montraient qu'il était lui-même de cet avis. Il avait baissé les yeux. Roberto était plutôt bien baraqué, relativement musclé, mais ce jour-là, ce fameux jour, il avait baissé les yeux comme une fillette tandis qu'un champ de macaronis avait poussé autour de lui.

Il était conscient du crime qu'il avait commis. Il resta comme paralysé tandis qu'on éloignait David

– qui lui-même n'offrit que peu de résistance. On lui demanda si ça l'avait brûlé mais il ne put même pas répondre qu'il n'avait rien senti.

Marc pensait que la confrontation aurait pu être pire, finalement. Pour qui connaissait l'ampleur du mal, la réaction de David était mesurée. Un plat de macaronis n'était pas une arme, estimait-il. Mais certes, il fallait en rester là, il ne fallait pas aller plus loin.

Il était seul, au volant de son coupé, et il était en retard. Rouler en ville, à certaines heures, relevait de la folie furieuse – et c'était un vendeur de voitures qui le disait. Par chance, Mercedes avait particulièrement soigné l'acoustique de ses modèles haut de gamme et il pouvait écouter « Defy this Love » de Shannon Wright sans être perturbé par l'extérieur. En boucle. Longeant le fleuve où flottaient les lumières de la ville, les bureaux, les lampadaires, les feux, les enseignes, les ampoules, les néons, les wagons du métro aérien, etc.

Il allait leur dire qu'il se sentait encore plus mal. Il allait profiter de la réunion pour leur avouer que le Programme des Douze Étapes et des Douze Traditions ne fonctionnait pas avec lui, comme le démontrait sa récente aventure avec Catherine Da Silva – cette fille étant la porte ouverte à tous ses anciens vices, la mère de ses plus sombres pulsions, l'acmé de sa dégringolade.

Au lieu de quoi, au lieu d'exposer son probable échouement en pleine course, il les écouta bien sagement. Avec aménité. Affabilité. Tous ces obsédés devenaient attachants. Leur dramatique frénésie sexuelle. Et tous les déboires, toutes les souffrances qu'ils s'infligeaient jour après jour. Les écouter devenait apaisant. Le récit de leurs turpitudes et le fragile et magnifique espoir qu'ils nourrissaient de guérir un jour, d'être débarrassé d'une chose qui empoisonnait leur existence, tout cela devenait touchant. Les chaises n'étaient pas très confortables et l'endroit n'avait rien d'agréable mais il s'y sentait bien.

Jason, le jeune homme à barbiche qui dirigeait le groupe, avait été ramassé vingt-sept fois sur la voie publique pour outrage aux bonnes mœurs, attentat à la pudeur et prostitution, et l'écouter raconter ses aventures ou discuter un moment avec lui faisait du bien. Jason semblait avoir tout vu, tout entendu, et il avait le don pour mettre à l'aise et minimiser les fautes dont on s'était rendu coupable entre deux réunions.

Une blonde qu'il n'avait encore jamais vue raconta qu'elle n'avait pas acheté une seule culotte depuis vingt ans et que tout le reste était à l'avenant. Jason la serra dans ses bras tandis qu'elle pleurait à chaudes larmes. Les sexoliques se levèrent pour l'applaudir. La femme se trouvait à présent barbouillée de rimmel, de morve, de rouge à lèvres, mais une lueur de trouble remerciement brillait déjà dans ses yeux. Jason en profita pour leur rappeler que c'était ça, les Sexoliques Anonymes, des hommes et des femmes que la maladie rendait charitables et qui pratiquaient la méthode des Douze Étapes pour devenir meilleurs. « Michael Douglas, mes amis ! Michael Douglas ! Le chemin que Michael a fait, chacun peut le parcourir. Ce qu'un Américain peut faire, n'importe qui peut le faire, y'a pas de raison. »

Profitant d'une pause où chacun pouvait aller boire un verre d'eau et encourager son voisin, il appela Catherine pour la mettre au courant des derniers rebondissements de l'affaire. « J'adore David ! Je l'adore ! » déclara-t-elle. Quelques mois plus tôt, elle avait envoyé un type pour corriger Roberto. Pour le punir. Pour lui rappeler qu'il ne pouvait guère se permettre de privautés avec elle, qu'il ne pouvait pas profiter de ce qu'elle fût ivre pour essayer de se la faire. Elle l'avait envoyé à l'hôpital sans le moindre remords. Alors bien sûr qu'elle adorait David. Oh comme elle aurait aimé être là. Bien sûr.

Les fenêtres donnaient sur un entrepôt de matelas. « Ce serait assez grand de ta part », lui dit-il. La lune brillait. Catherine raccrocha sans mot. Et pourtant, Dieu sait que ce n'était pas une mauvaise fille. Cette garce avait un cœur. Tout le monde avait un cœur.

Jason écouta l'histoire avec intérêt. Un grand classique, selon lui. À moins d'un miracle, le gars ne connaîtrait pas la paix. Cette femme, avec son caractère, ne lui permettrait pas de se la couler douce. Les exemples fourmillaient. Laisser une blessure ouverte était parfois l'unique remède si l'on ne voulait pas finir empoisonné, et cette femme, cette Catherine Da Silva, ne souhaitait sans doute pas mourir, n'est-ce pas ? Les consultations du docteur Jason étaient gratuites.

Durant la deuxième partie de la réunion, Marc médita sur les différentes options qui s'offraient à un homme dans sa situation. Mais en renonçant à faire état de ses piteux résultats, en gardant le silence devant ses compagnons d'infortune, il ne s'engageait pas dans la bonne voie. Tôt ou tard, ses mensonges allaient lui exploser à la figure. Ses tristes frasques allaient anéantir ses chances d'atteindre l'autre rive. Il avait une vision extrêmement claire des écueils vers lesquels il se précipitait mais il n'accomplissait aucun geste décisif pour infléchir sa course. Fascinant. La sagesse lui conseillait d'épouser Édith au plus vite, avant qu'il ne soit trop tard, et cette pensée l'emplissait de mépris envers lui-même, l'écœurait plus ou moins profondément.

La blonde qui ne portait plus de culotte depuis la fin des années quatre-vingt avait perdu son mari, ses enfants, ses amis, son travail et sa propre mère désormais refusait de lui adresser la parole. Être sexolique était une vraie poisse. Rien de tel pour ficher sa vie en l'air. Si l'on ne faisait rien. La pauvre femme termina son histoire dans un sanglot. Malgré l'heure, il faisait encore un peu chaud et certains se tamponnaient la nuque avec un mouchoir en l'écoutant. « On va te sortir de là, lança l'un d'eux. Ma sœur, on va te sortir de là. Oh oui. »

« Oh ! nom de Dieu de nom de Dieu ! », fit la blonde que Marc avait adossée contre le mur d'une ruelle, sous le regard d'un chien errant qui avait abandonné sa fouille de poubelles pour observer les deux humains. Et c'est ainsi, en pleine manœuvre, qu'ils se firent pincer par la police.

En pleine action. On ne les laissa même pas terminer, bien que la blonde hurlât littéralement de rage, de frustration, et envoyât des coups de pied tous azimuts. Marc remonta son pantalon en déclarant qu'il était prêt à payer une forte amende, mais la blonde envenima l'histoire et on les conduisit au poste.

Marc demanda qu'on prévienne Olivier De Watt, mais les types n'étaient pas pressés. On les avait mis dans une cellule. Il était environ dix heures du soir. La blonde lui faisait de l'œil de l'autre côté du couloir. Édith avait laissé des messages auxquels il n'avait pas encore répondu. Et pour cause. « Je suis aussi désolé que tu peux l'être », lança-t-il à la blonde à travers les barreaux.

Il l'était même davantage encore. Non seulement cet épisode confirmait, sinon la progression, du moins la permanence du problème qui l'affligeait, mais les risques qu'il prenait devenaient ahurissants. En pleine rue. Dans un simple renfoncement. Avec une fille qui jurait à voix haute. Perdait-il la raison ? Cherchait-il à toucher quelque mémorable fond ?

Certes, forniquer dans de telles conditions avait son charme et l'on pouvait parfaitement comprendre qu'un homme entièrement libéré de contraintes sociales ou familiales s'y adonnât sans retenue et au mépris de toute convenance. Mais pas un honnête citoyen, pas un homme qui tenait un commerce en ville, pas un homme qui avait ses entrées dans le bureau du maire, pas un homme occupé à fonder un foyer. Oh non ! certainement pas.

En sorte que oui, il était désolé. Si l'affaire s'ébruitait – et rien n'indiquait qu'il se trouvait à l'abri d'une telle chose –, la note menaçait d'être salée. Baiser cette pauvre conne de femme qui se tenait dans la cellule voisine – et qui draguait à présent un jeune officier de police venu lui apporter un verre d'eau – pouvait presque lui coûter la vie. Renversant. Renversant. Il s'avérait bon, quelquefois, de compter quelques amis dans la police. Mieux valait avoir la police avec soi que contre soi. Connaître le chef de la police était un atout.

Le banc sur lequel il était assis se trouvait fixé au sol et au mur par de gros boulons. L'ampoule du plafond était protégée d'un grillage. Il avait expliqué qu'il avait le choix entre prévenir De Watt ou prévenir le maire et ils avaient eu un instant d'hésitation avant de lui décocher un sourire. Ils avaient été grossiers, s'étaient foutu de lui et avaient menacé de lui confisquer son pantalon s'il ne fermait pas sa gueule.

Il n'avait eu gain de cause que vers une heure du matin. Entre-temps, la blonde avait été relâchée après un séjour dans le bureau attenant – ils étaient quatre, le dernier était ressorti en vomissant tandis qu'elle riait aux éclats – puis l'un d'eux s'était décidé à décrocher le téléphone en regardant Marc, en se souvenant qu'il avait déjà vu ce type, à la télé, ce type avait sauvé une fillette de la noyade durant les inondations, et maintenant ça lui revenait, ce type avait fait campagne pour le maire, ça lui revenait. Hum, sans doute valait-il mieux téléphoner, s'était-il dit. Sans doute valait-il mieux s'épargner de commettre une boulette car le boulot ne courait pas les rues, la bataille était rude – merde, celui qui ne mangeait pas était mangé.

De Watt avait enfilé une simple tenue de sport – une de ces célèbres marques, portées par des foules à travers le monde et cousues par des petites mains – et sa coiffure en bataille indiquait qu'on l'avait tiré du lit. Dans l'ascenseur, tandis qu'ils descendaient au parking, il resta appuyé sur un côté de la cabine et faillit s'endormir.

Un parfum de femme se dégageait de lui. Et de sueur. Le pauvre, à l'instar de Marc, avait sans doute été dérangé en plein boum. Il paraissait épuisé. Marc savait ce que c'était. Le sexe était une vraie calamité. Le pauvre diable était mort debout. Sacrées bonnes femmes.

Marc sentait quelque chose d'étrange dans l'attitude du policier vis-à-vis de lui, mais la journée avait été rude et il n'était guère enclin à mener une enquête pour tirer ce fantastique mystère au clair. Ça ne pouvait pas être aussi important que ça, de toute façon. Olivier De Watt n'était pas un proche. Même s'il s'agissait d'un cancer de la prostate ou de Dieu sait quoi. La seule chose qui importait pour le moment était de trouver le plus court chemin jusqu'à son lit. Il voulait récupérer sa voiture et filer.

Il remercia De Watt une nouvelle fois, au troisième sous-sol, tendit une main que l'autre serra et mit un temps fou à lâcher. Puis le même indiqua à Marc où se trouvait son véhicule. Celui-ci hocha la tête, fit un petit signe d'adieu et se mit en marche en direction de sa voiture.

Mais l'autre lui emboîta le pas. Il devenait hypercollant, non ? Mais il détenait à présent un tel secret qu'il valait mieux entretenir de bons rapports avec lui.

« Je vais la trouver, fit Marc. Ne vous cassez pas

la tête. » Souriant, il actionna l'antivol au-dessus de sa tête et la Mercedes couina quelque part, au milieu d'une allée.

De Watt enfonça ses mains dans ses poches et resta planté comme un poireau. Voyant cela, Marc prit un air encourageant, se disant que si l'autre devait absolument se délivrer du fardeau qu'il avait sur le cœur, autant qu'il le fasse tout de suite, hein, si l'on voulait avoir une chance de dormir cinq petites minutes avant qu'un nouveau jour ne se lève et ne rayonne dans toute son infinie splendeur.

« Est-ce que c'est au sujet de cet homme ? finit-il par avancer puisque De Watt avait avalé sa langue. Au sujet de ce cas étrange ?... Désolé, vieux, mais je ne vais pas pouvoir vous aider. Lorsque nous étions jeunes, je me souviens que ce type prenait beaucoup de drogues... malheureusement, c'est tout ce que peux vous dire. Cette fille m'a appelé parce que j'étais la seule personne en ville qu'elle connaissait et c'est là toute mon implication dans cette affaire. J'ai juste appelé une ambulance. Vous auriez fait pareil. Mais ne me demandez pas si cet homme a été empoisonné ou s'il est porteur d'un virus inconnu, parce que je n'en sais rien, Olivier, je n'en ai vraiment aucune idée. Mettez-vous à la place de cette fille. Elle ne connaissait personne d'autre, alors qu'est-ce qu'elle fait, elle m'appelle. Elle prend son téléphone et appelle la seule personne en ville qu'elle connaisse. »

Après avoir hésité, il en parla à Édith, et pour finir, il admit que la chose ne l'enthousiasmait guère. Les fils qui apprenaient que leur mère couchait et l'acceptaient avec le sourire n'étaient pas si nombreux qu'on le pensait. Édith le prit – avec certaines précautions – entre ses bras – le pauvre chou suçait une pilule très amère – et elle le cajola un moment.

Cette femme, Édith, était la femme la plus fantastique du monde, se dit-il une fois de plus. Lorsqu'elle le pressait ainsi, entre ses deux seins, tout semblait clair et lumineux.

Il se jura de ne plus s'accoupler en pleine rue, quoi qu'il arrive, ni dans n'importe quel lieu public, il en fit le serment silencieux, car elle ne méritait pas ça. Il n'était pas obligé de lui manquer de respect – quelque monstre licencieux qu'il fût.

Bref, il n'avait pensé à rien d'autre – Irène et son amant – durant toute la journée. Entre incompréhension et dégoût, ennui et consternation. Avec l'approche des fêtes, le travail s'accumulait sur son bureau et il se serait bien dispensé d'ajouter un souci à ceux qu'il connaissait déjà et ils étaient légion.

La terrible question qu'il se posait et qui avait perturbé sa journée – Béa avait tant de fois levé les yeux au ciel qu'il s'agissait d'un vrai miracle si elle n'avait pas pris une porte dans la figure –, cette terrible question était de savoir, en somme, s'il devait mettre son père au courant ou non. Devait-il aller trouver Victor et lui annoncer qu'Irène couchait avec Olivier De Watt ?

Le problème venait du fait qu'il n'adressait plus la parole à son père. Qu'il considérait comme mort. Mort et enterré. Ce qui ne facilitait rien. Victor ne méritait pas le moindre coup de main. Mais pendant ce temps, Irène... avec ce connard de policier... fallait-il simplement s'asseoir et croiser les bras ?

David, lui, s'en fichait totalement.

« Écoute, lui avait dit Marc. Écoute-moi bien. Tu ne peux pas t'en moquer à ce point. Je te rappelle qu'Irène est notre mère, d'accord ? Tu ne peux pas simplement t'en laver les mains, okay ? Arrête de déconner une minute. Je n'en reviens pas que tu aies ce genre de réaction. Tu m'avais semblé plus sensible à l'honneur de la famille, ces derniers temps. Enfin quoi, arrête, nous avons tété le sein de cette femme, oui ou non ? Est-ce que ça ne compte pas ? Est-ce que ça ne donne pas le droit d'être *un tout petit peu* choqué ? Est-ce que ça ne donne pas le droit d'être *un tout petit peu réactionnaire* de temps en temps ? Est-ce que tu me suis ? »

Il n'y avait pas grand-chose à attendre de David, pour le moment. Surtout s'il s'agissait de questions qui ne le touchaient pas directement, comme la conduite de sa mère, par exemple. Mais Marc estimait que son frère devait être tenu au courant, quand bien même cela ne servît à rien – et les cachets qu'il prenait ne semblaient pas lui éclaircir l'esprit.

Ils en avaient profité pour voir le directeur et parler des fêtes qui approchaient. Pour voir comment l'on ferait. Quand le moment des fêtes arriverait. « Vous croyez que nous aurons de la neige ? » demanda le directeur avec une grimace de dépit vers le ciel. Décembre s'annonçait et l'on se serait encore cru en plein été. Ceux qui avaient acheté un abri antiatomique avaient jeté leur argent par les fenêtres. Une arche aurait été plus appropriée.

Puis Édith monta se coucher – entretien avec Bianca Jagger le lendemain matin, à deux heures de route. Il resta en bas pour réfléchir. Il n'était pas très tard. Dans la pénombre du salon, il lui apparut assez vite que la question qu'il s'était posé d'emblée n'était pas la bonne. S'il devait ou non avertir son père. Mauvaise question. À moins de vouloir blesser Victor, à moins de vouloir se faire le plaisir de lui annoncer la mauvaise nouvelle, il n'y avait aucune raison de passer par lui.

Si quelque chose ne lui plaisait pas, c'était à lui, Marc, de voir ça avec Irène. Directement avec elle. Et à elle de décider ensuite si elle choisissait d'avouer son forfait ou non à son mari. Il n'y avait pas trente-six manières de s'y prendre si l'on voulait agir en conformité avec la morale. Si l'on voulait de temps en temps agir avec probité, il fallait accepter de, souvent, renoncer au plaisir.

Son opinion se renforça lorsqu'il observa Victor qui sommeillait sur le balcon. Il ne fallait pas oublier qu'il avait le cœur fragile. Sa vieille main chiffonnée pendait vers le sol. Soyons juste. Il n'était plus à présent qu'un vieillard siphonné que le temps finirait par emporter. Le Monte-Carlo ou les Mille Miles avaient depuis longtemps disparu dans un brouillard lointain.

Qu'Irène fût encore désirable, tout le monde le savait. Le problème venait de là, justement. Elle ressemblait à cet été qui ne voulait pas finir et ce qui devenait monstrueux chez d'autres restait particulièrement clément avec elle. Bradge prétendait qu'il ne fallait pas s'y tromper, que quelques coups de bistouri et poudres n'avaient jamais transformé une quelconque bonne femme en princesse, que le véritable charme d'Irène provenait de l'intérieur, etc. Elle était comme ces étoiles qui s'embrasent avant de s'éteindre. Pendant quelques années encore, elle allait les étonner, les avait-il prévenus. Elle allait finir comme Jane Fonda, éclatante, pronostiquait-il tendrement.

Quoi qu'il en soit, Marc la regarda descendre. Il avait préparé deux verres.

« Excuse-moi de te déranger, lui dit-il.

— Ce n'est rien, mon grand. »

Elle avait enfilé un peignoir. Elle jeta un coup d'œil sur son mari – qui était bien parti pour passer la nuit dehors.

« Ton père a communié, aujourd'hui, soupira-t-elle. *Communié.* Crois-le si tu peux. Ton père a reçu l'hostie des mains de Joffrey. Tu peux croire ça ?

— C'est n'importe quoi. N'importe quoi... »

Il leva son verre. Elle indiqua un coin de la pièce, un paravent. « Il s'est installé un bureau, reprit-elle. Il se met devant son ordinateur et je ne peux plus faire un pas sans tomber sur lui, dans cette pièce. *Il est tout le temps là.* »

Elle trempa ses lèvres dans son verre. Son teint était resté clair. L'alcool n'avait pas encore réussi à l'abîmer. Elle était de la trempe de ces femmes qui mangeaient pour deux sans jamais grossir.

Il la fixa. « Tu ne peux pas faire ça, lui dit-il. Tu sais très bien que tu ne peux pas faire ça.

— Faire quoi, Marc ? Qu'est-ce que je ne peux pas faire ?

— Je lui ai parlé. Il ne te l'a pas dit ? »

Elle l'entraîna jusqu'au canapé. « Et en quoi cela te regarde-t-il ? J'aimerais bien savoir en quoi.

— En quoi ça me regarde ? Tu es ma mère. Il est temps de te ranger des voitures. Passe-moi l'expression.

— Comment peux-tu me dire une chose pareille ? *Me ranger des voitures...* Je suis ta mère. Je vais te passer des livres sur la sexualité des seniors et on en reparlera.

— *Maman !* Je n'ai pas besoin de lire des livres sur la sexualité des seniors. Je n'ai pas besoin d'écouter toutes ces conneries.

— Eh bien, tu as tort. C'est édifiant. Mais je ne sais pas, tu aurais sans doute préféré que ton père puisse me priver du peu d'estime de soi qu'il m'avait laissé ? Tu aurais préféré que ce soit le méchant qui l'emporte ?

— Il n'y a pas d'autre moyen ? Tu ne peux pas trouver *un autre moyen* que celui-là ? C'est Élisabeth ? C'est elle ? C'est cette traînée ?

— Ne parle pas d'Élisabeth en ces termes. S'il te plaît. Un peu de respect pour ta marraine, s'il te plaît. Si la pauvre t'entendait...

— Ça va, elle ne m'entend pas... Ça va... N'empêche que tu ne peux pas faire ça. Tu as perdu la tête ? Mais est-ce que tu te rends compte, maman... Tu dois arrêter ça tout de suite. Reprends tes esprits. Promets-moi de ne plus le revoir... »

Elle le considéra d'un œil perplexe. « Marc ? Est-ce que tu vas bien ?

— Je vais parfaitement bien, pourquoi me demandes-tu ça ? »

Elle s'adossa en soupirant dans le fond du canapé. Elle avait accouché de deux monstres, ni plus ni moins. Malgré tout l'amour qu'elle leur portait, ses deux fils ne constituaient pas une parfaite réussite. Ils ne s'étaient pas bonifiés avec le temps. Ils s'étaient tellement éloignés d'elle, en vérité.

Elle se tourna vers lui. « Je n'ai pas l'intention de te demander la permission de faire ce que j'ai à faire, Marc. Pas du tout l'intention. Sache simplement, pour ta gouverne, que je n'ai pas agi à la légère. On ne commet pas l'adultère de gaieté de cœur, figure-toi.

— Mais est-ce que tu as pensé à nous ? Est-ce que tu vois dans quelle position tu nous mets ?

— Je ne sais pas. L'enjeu était très important pour moi. Je ne voulais pas retomber dans les filets de cet homme, fit-elle en indiquant Victor. Est-ce donc si difficile à comprendre ? As-tu manqué un épisode à notre histoire ?

— Aucun homme ne veut savoir que sa mère a une activité sexuelle, pour commencer. Renseigne-toi. Si un pour cent de la population pense le contraire, ça n'a aucune espèce d'importance. J'agis comme n'importe quel fils le ferait, de quelque confession qu'il soit, inutile de me regarder comme si j'étais un cas isolé. C'est une chose que les hommes ont dans leurs gènes, on ne va pas épiloguer là-dessus, ce n'est pas le sujet de notre discussion.

— J'espère que tu tiens compte du fait que ton père a failli me tuer et qu'il s'apprêtait à m'abattre pour de bon, cette fois. Je l'espère...

— Écoute, il va falloir trouver un autre moyen pour te venger.

— Ce n'est pas une question de vengeance. Je crois qu'il s'agit d'instinct de conservation.

— Tu entends ce que je te dis ? Ne va pas encore faire parler de toi, tu veux bien ? Il y a des gens pour ça, qui ne demandent pas mieux que de s'avancer sur le devant de la scène. Laisse-leur la place. Ne va pas défrayer la chronique. Tu sais que cette ville est comme un petit village. Tu sais comme les gens sont friands de ces horreurs. Tu le sais bien.

— Ton père est beaucoup plus fort que tu ne crois. Chaque jour en apporte la preuve. N'oublie pas que des scientifiques se sont penchés sur son cas. Ces hommes-là ne se dérangent pas sans raison. Et vois avec quelle facilité il s'est assuré du soutien de Joffrey. Explique-moi comment l'on peut tromper à ce point un homme d'Église à moins de disposer soi-même de certains pouvoirs. J'aimerais t'entendre, à ce sujet. J'aimerais savoir comment je pouvais me tenir hors de sa portée plus longtemps.

— Ce n'est pas un peu extrême ? Ce n'est pas comme de prendre un marteau pour assommer une mouche ?

— Non. Pas exactement. Je n'ai pas dû très bien me faire comprendre.

— J'ai parfaitement compris. Avoir des relations sexuelles avec De Watt est presque une obligation. Une ordonnance médicale. Un viatique. Je n'y avais pas pensé. Je crois que tu devrais faire une annonce afin que toutes les mères de famille puissent en profiter.

— Je n'ai jamais dit ça. En aucune manière.

— Tu as une drôle de façon de présenter les choses. N'espère pas me faire avaler n'importe quoi, s'il te plaît. Fais-moi cette grâce. N'essaye pas de te débiner.

— Je n'ai pas dit que je n'y prenais pas de plaisir. Je n'ai rien dit de la sorte.

— Tu ne l'as pas dit et tu n'as pas besoin de le dire car ça ne m'intéresse pas. Je ne veux tout simplement pas le savoir. Tu es ma mère. Tu dois pouvoir le comprendre. Nous ne pouvons pas parler de sexe, toi et moi. Totalement hors de question. Alors épargne-moi les détails... Encore une fois, je suis ton fils.

— Je sais que tu es mon fils. Je ne suis pas devenue aveugle. Je sais que tu es celui qui a ce cœur de pierre, ce cœur glacé, et qui préférerait me voir morte.

— Qu'est-ce que tu dis ? *Qu'est-ce que tu dis ?*

— Tu as très bien entendu. Ne me fais pas répéter.

— Où vas-tu pêcher de telles idées, maman ? C'est horrible, ce que tu me dis là.

— Horrible ? Ce n'est pas horrible. C'est la triste vérité. Regarde-toi. Venir me dire que je n'ai pas le droit d'avoir une vie sexuelle *normale*, est-ce que tu n'as pas honte ? Quand tu sais ce que j'ai vécu ? Quand tu sais ce que cet homme m'a fait subir ?

— Tu ne comprends pas que c'est insupportable ? Pour les gens qui t'entourent ? Tu veux savoir ce que je ressens quand j'imagine ma mère en train de se faire sauter dans une misérable chambre d'hôtel ?

— Je t'arrête. Il possède un joli studio, à deux pas du centre.

— C'est bien, d'avoir le cœur à plaisanter. Ça montre qu'on est philosophe. »

Ils s'interrompirent car Victor venait de se réveiller et se tenait assis, en appui sur les avant-bras, inspectant la nuit droit devant lui. Irène en profita pour remplir son verre. Marc l'imita. Puis Victor marcha vers eux d'un pas incertain, ensommeillé, somnambulique, il ouvrit la baie, entra, les avisa, faillit dire un mot, se ravisa, se redressa et poursuivit son chemin à travers la pénombre du salon en direction de l'escalier dont il empoigna fermement la rampe.

« Te souviens-tu, reprit-elle, comme nous étions proches autrefois, toi et moi ? Comme nous nous entendions bien, tous les deux ? Nous en avons profité, n'est-ce pas ? Heureusement. Nous n'avons pas toujours été aussi stupides. J'ai l'impression que tu as passé la moitié de ton enfance dans mes bras.

— Oui, je croyais que ma mère était une apparition. Je croyais que tous les anges du Ciel étaient sous ses ordres.

— Tu as longtemps été un bon garçon. Les enfants ne devraient pas vieillir. Qui aurait cru qu'un jour tu me chercherais des histoires à propos de ma vie privée ? Car c'est bien de cela qu'il s'agit, au bout du compte, de ma vie privée, d'une chose qui n'appartient qu'à moi, qui ne regarde que moi...

— Qui ne regarde que toi ? Alors que je n'ai de cesse de t'expliquer dans quel profond malaise tu nous plonges en agissant de la sorte. Est-ce lié à la météo ? À la persistance de fortes températures ? »

Sans hésiter une seconde, elle le gifla.

8.

La rencontre avec Bianca Jagger se solda par un fiasco – celle-ci refusa de parler de l'époque du Studio 54 si on ne lui accordait pas le même nombre de pages pour parler des droits de l'homme et des populations bafouées de par le monde. Catherine Da Silva déclara qu'elle ne pouvait accéder à cette requête, par principe, pour préserver l'idée d'indépendance qu'elle se faisait de son journal, et elle pria Édith de plier bagage sur-le-champ.

Se lever tôt servait rarement à quelque chose.

Sur le chemin du retour, celle-ci se promit de changer d'autoradio... Il y avait de nombreux avantages à vivre avec un homme qui possédait un garage. Les vidanges et les contrôles devenaient gratuits. Pour les autoradios, il suffisait de mettre le doigt sur la photo d'un catalogue et vous étiez servi dans la minute. Un vent chaud tourbillonnait dans le ciel bleu, effleurait la cime des arbres qu'un dense et vert (hors quelques rares taches rouges ou brunes) feuillage empâtait.

Paul se trouvait en réanimation. Entre conscience

et inconscience. Ses forces insensiblement le quittaient. Cette fois, il lui parut cependant si mal en point qu'elle plaça sa main devant sa bouche pour ne pas se manifester derrière le rideau.

Paul avait pris la couleur et la texture d'une figue sèche. On l'avait placé sous assistance respiratoire et d'autres appareils fonctionnaient autour de lui, branchés en différentes parties de son corps.

« Je n'arrêtais pas de me dire que cette femme avait tenu David Bowie dans ses bras, Warren Beatty ou encore Michael Caine », lui déclara-t-elle.

On lui donnait de forts calmants car il se plaignait d'atroces brûlures d'estomac dont on ne décelait toujours pas les causes. Si bien qu'il avait à présent un regard vitreux qui ne disait rien qui vaille.

Ce regard, il fallait cependant le soutenir. Il était trop tard pour les regrets. Elle lui avait apporté des fleurs, cette fois des iris qu'elle avait arrangés le plus joliment possible dans un vase un peu trop court. L'autre bouquet était destiné à David.

Elle n'aurait pas su dire s'il savait qu'elle était là ou non, si l'image qu'il avait sous les yeux parvenait à son cerveau ou non. Certaines infirmières pensaient que oui, d'autres que c'était par moments et d'autres encore pas du tout. Quoi qu'il en soit, le résultat n'était pas brillant. Elle et Marga avaient totalement perdu les pédales. La peur l'avait aveuglée. Aucun doute là-dessus, la peur s'était montrée la pire conseillère. Elles avaient commis une monstrueuse boulette. Elle n'était pas la flamme mais elle avait allumé l'incendie et elle avait soufflé dessus, et Paul avait reçu le missile en pleine poitrine.

Cela semblait irréel. Si Paul y passait, elle ne se le pardonnerait jamais. Sans doute avait-il fait ce qu'il fallait pour s'attirer de tels ennuis. Les menaces qu'il avait proférées lui avaient coûté cher mais il n'y avait personne pour le plaindre. Il méritait son sort. Un soufflet de caoutchouc bleu se gonflait derrière sa tête et chuintait.

Frapper un homme ne signifiait pas vouloir le tuer. Les années durant lesquelles s'étaient succédé les refus et les échecs n'avaient sans doute pas aidé Paul à prendre de la hauteur et l'homme qu'il était aujourd'hui n'avait plus rien d'attirant, mais elle n'avait certainement pas souhaité sa mort.

Ils avaient vécu ensemble, longtemps, très longtemps. Ils avaient élevé Sonia ensemble, *tant bien que mal* élevé Sonia ensemble. Mais au bout du compte, le temps n'était le gage de rien. Elle tirait cette conclusion du fait qu'elle demeurait au pied du lit, parfaitement immobile, et n'avançait plus d'un seul pas vers lui après vingt ans de vie commune. Pratiquement tout s'était effacé. Tout avait disparu, s'était volatilisé comme les fresques dans ce merveilleux film de Fellini. Et ce que l'esprit ne pouvait pas éliminer avait pris le chemin de la Croix-Rouge et des poubelles de la ville. Il en était ainsi des joies comme des peines. Elle se racla la gorge avant de partir. « Paul, je suis profondément désolée », dit-elle.

Fiasco, également, cette visite impromptue à David. Il y avait des jours, comme ça. Cette matinée de liberté que lui avait imposée Catherine en coupant court à la poursuite de l'interview l'avait rendue indolente, et elle tomba, en plus des iris, sur de magnifiques tulipes à pois bleus – qui lui rappelaient une certaine robe d'été – à un prix relativement convenable – quinze euros la tige. L'entrevue avec Paul n'avait pas été très excitante et elle comptait davantage sur le moment qu'elle allait passer en compagnie de David pour compenser.

La tulipe à pois bleus était apparue au cours de l'hiver précédent. Une véritable réussite et les chercheurs promettaient de nouvelles surprises dans un futur très proche.

Des pois de ce même bleu, absolument charmants, constellaient la robe qu'elle portait au mariage de David et elle lui en fit la remarque tandis qu'elle arrangeait, pour le deuxième fois de la journée, des fleurs dans un vase au chevet d'un malade.

Il le prit mal. David était un expert dans l'art de prendre les choses de travers et cela ne datait pas d'aujourd'hui. Combien de heurts en tout genre aurait-on évité si David n'avait pas été roi en ce domaine ? Combien de soirées s'étaient-elles terminées en empoignades ? Combien de fois David s'était-il plaint qu'on le regardât avec insistance ou qu'on lui cherchât querelle en utilisant certains mots ambigus ? Marc et Roberto auraient pu témoigner de la régularité des histoires que David s'attirait et dans lesquelles il les entraînait. Déjà, lorsque Édith les avait connus, la moitié des boîtes de la ville leur était interdite.

En fait, il s'imagina qu'Édith, en voulant absolument lui rappeler qu'il avait épousé Josianne, le lui reprochait *in petto*. Bref. Sans doute n'était-il plus aussi vindicatif qu'autrefois, sa frénésie s'était-elle apaisée à mesure que les années s'écoulaient. S'il s'énervait encore, s'il brisait encore des choses, il se maîtrisait la plupart du temps et il se contenta de se montrer désagréable et sombre.

Il s'emporta un peu plus en évoquant l'absence de réactions, de la part de Marc et de sa part à elle, aux agissements de cette crapule de Roberto auquel aucun père, ni même aucune mère, n'aurait voulu confier leur fille.

La technique, si l'on ne souhaitait pas engager une discussion inutile, consistait à ne pas répondre. Il s'en était fallu de peu qu'elle ne portât son choix sur lui quelques mois plus tôt, lorsque Marc la pressait un peu trop et multipliait leurs rencontres afin de prendre quelque décisive avance sur son frère. Un instant, elle avait hésité. Il n'avait certainement pas manqué grand-chose.

La liaison qu'il entretenait avec Josianne avait joué, ainsi que le résultat des tests qui avaient confirmé la paternité de Marc, mais elle avait surtout pris en compte la difficulté qu'il y aurait à gérer un tel tempérament, n'étant pas elle-même d'une solidité à toute épreuve. Elle avait fait le bon choix. Une fois de plus, elle pouvait observer l'extraordinaire faculté qu'avait David de se couper du monde et de n'entendre plus que sa propre voix tournant à l'intérieur de lui-même. Pour plaisanter, Blaine lui avait dit qu'il se servirait d'une arme à feu s'il la voyait s'approcher de ce sympathique caractériel, ajoutant qu'il ne servait à rien de soigner des maux de gorge si l'on restait dans les courants d'air – Blaine ne se privait jamais d'une comparaison douteuse.

Plus que jamais, à présent, voyant comme les choses avaient tourné, elle se félicitait de son choix. Ce qu'elle n'avait pu régler vingt ans plus tôt et qu'elle avait enfin tranché – fût-ce plus hâtivement qu'elle ne l'eût souhaité – se révélait dans toute sa clarté aujourd'hui. Sans doute Marc avait-il de sérieux problèmes de son côté, mais ô combien étaient-ils minimes comparés à ceux que David possédait encore en réserve. Elle en était pleinement consciente. Elle éprouvait encore pour lui une immense affection, mais elle remerciait le Ciel de l'avoir écarté de son chemin et, en retour, elle tenait à lui apporter tout l'amour dont une sœur pouvait se montrer capable envers un frère. D'où le bouquet de tulipes à pois bleus. Qu'il menaçait de jeter par la fenêtre maintenant que le lien avec son mariage était établi.

Le dealer de l'endroit, qui occupait accessoirement la fonction d'infirmier, faisait sa tournée en fin de matinée et David emprunta deux cents euros à Édith après avoir longuement et mollement fouillé ses poches.

« Inutile de me remercier, fit-elle. J'ai une machine et je les fabrique. »

La vérité était que les différentes ponctions que Paul avait effectuées sur son compte l'avaient pratiquement mise à sec et donc deux cents euros étaient deux cents euros.

Par ailleurs, elle avait dépassé son temps de stationnement et une amende l'attendait derrière un balai d'essuie-glace. D'où le sentiment que sa visite se concluait sur un bilan maussade et n'avait pas réclamé tant d'urgence. Mais qu'y faire ? Un instant, elle s'éventa avec la prune.

Elle se demanda comment une femme avait pu s'y prendre pour mettre dans son lit des hommes tels que Mick Jagger, David Bowie, Michael Caine, Bjorn Borg, Warren Beatty. Et même, peut-être bien, Steve McQueen.

Certaines femmes avaient tout. C'est bien simple, certaines femmes avaient tout.

Depuis quelques jours, Catherine était de meilleure humeur, de sorte qu'Édith ne rencontra guère de difficultés pour obtenir une avance et elle ressortit pour s'acheter une paire d'escarpins Bruno Frisoni puisque l'hiver ne venait pas.

Ainsi chaussée, elle retourna à l'hôpital afin d'informer David qu'il ne devait plus compter sur elle pour se défoncer à bon compte et en même temps lui apporter les deux cents euros supplémentaires qu'il avait réclamés. En fait, la vie semblait différente lorsqu'on avait acquis des souliers neufs, mais Dieu, que ces vilaines choses étaient chères.

Ils avaient rendez-vous dans le parc. Un arbre qui menaçait la toiture avait été abattu et quelques malades s'étaient rassemblés pour commenter le spectacle à leur manière. Bruno Frisoni méritait de finir sur un bûcher. Catherine les avaient trouvées renversantes – bien qu'elle ne pût encourager de telles dépenses de la part de ses employées.

Le soleil s'était déplacé de quelques degrés vers l'ouest et il faisait bon à l'ombre des bâtiments que couvraient la vigne vierge et une abondante glycine dont les grappes qui étaient toujours en fleurs embaumaient l'air de leur parfum sucré. À ses pieds, d'énormes fourmis se croisaient le long de ce qui semblait être une piste comparable à nos sentiers de grande randonnée et nombreuses étaient celles qui transportaient des brindilles vers une destination inconnue. Au-dessus d'elle, des corbeaux se disputaient avec des mouettes et quelques plumes retombaient en tourbillonnant.

Son discours était prêt. Elle allait lui parler fermement car il n'était pas certain que les drogues fussent appropriées, dans son cas. De solides études de médecine n'étaient nullement requises pour le subodorer. Qui pouvait penser qu'il pouvait être bon et sain d'ajouter le chaos au chaos ?

Elle regarda sa montre une ou deux fois. Elle conseilla de nouveau à Sonia de bien réfléchir avant de permettre à Roberto d'emménager pour de bon, mais que pouvait-elle espérer faire entrer dans la tête de sa fille quand elle pensait à celle qu'elle avait été, sourde, absolument sourde, sourde comme il n'était pas permis d'être sourde, à tout ce que pouvait bien lui dire sa propre mère autrefois, lorsqu'elle avait son âge. D'autant plus que Roberto semblait s'être tout à fait habitué à l'idée d'avoir un jardin en ville. « Oui, je sais. J'imagine. Mais se précipiter n'est jamais bon, tu sais. S'il se contentait de n'apporter qu'un sac et une brosse à dents, qu'en penses-tu, dans un premier temps, ça me rassurerait un peu. J'imagine. »

Depuis l'aube des siècles, les enfants représentaient un réel souci pour les parents. Il y avait à présent un bon quart d'heure qu'elle attendait, là, sur ce banc, faisant le constat du camp dans lequel elle avait basculé. Elle était à présent la mère d'une grande fille. Et c'était son tour de goûter à l'amertume, c'était à elle que revenait le rôle de l'empêcheuse de tourner en rond. Bref, le contraire aurait étonné, mais Sonia savait ce qu'elle avait à faire. La petite chérie. À cent milles lieues des gigantesques ombres qui attendaient sur la route. C'était comme de se tenir devant une montagne sans la voir.

Pour finir, elle monta dans les chambres. À cette heure, les couloirs étaient vides, car ceux qu'on n'enfermait pas glandaient à la cafétéria ou se promenaient dans les parties communes en attendant que le soleil se couche. Il fallait respirer l'odeur surette qui flottait, marcher sur le lino gris, errer dans ce décor qui semblait dater du temps de l'URSS, pour avoir une idée de ce que David endurait entre ces murs. Mais il valait mieux ne pas y penser.

La porte de sa cellule était ouverte et il se tenait devant sa fenêtre, sagement installé dans son fauteuil. Par chance, la pièce avait une bonne taille et possédait deux belles fenêtres sur le parc à travers lesquelles il pouvait prendre le soleil, comme c'était le cas en l'occurrence, et jusqu'en fin d'après-midi, dans cette lumière dorée. Avec des écouteurs aux oreilles. Elle s'approcha dans son dos, ne sachant si elle allait ignorer l'incident ou lui demander des explications. En fait, tout allait dépendre de la tête qu'il allait faire. Il allait peut-être pouvoir s'en sortir avec un sourire, s'il s'y prenait bien.

Elle lui posa une main sur l'épaule. Sans se retourner, il attrapa cette main et la garda serrée contre lui. Un instant, elle s'interrogea sur ce miracle qui consistait en l'établissement de si fortes relations entre elle et les deux frères. Elle n'en avait jamais espéré tant, sinon lors de purs moments d'euphorie.

Il se mit à hocher doucement la tête. Elle ferma les yeux. Qu'il ait épousé une fille telle que Josianne, se disait-elle, était si étrange... David avait besoin de douceur et douceur n'était sans doute pas le premier mot qui venait à la bouche lorsque l'on parlait d'elle. Comment avait-il pu ? Comment avait-il pu penser que... comment avait-il pu croire que... oh le pauvre, le pauvre imbécile, le pauvre et touchant imbécile. Mais il était un peu tard, tout simplement. Un peu tard, maintenant. Il ne restait plus qu'à prier pour que ce ne soit pas trop dur, pour que vivre avec cette femme ne soit pas si terrible. Ah ! cette fabuleuse propension qu'il avait à faire les mauvais choix, à être là au mauvais endroit, au mauvais moment. Comme s'il le faisait exprès. Effrayant. Émouvant, mais effrayant.

Puis il tourna son visage vers elle et lui offrit le sourire d'un homme si défoncé qu'elle en resta infiniment coite.

Roberto pensait que c'était du crack. Il ne pouvait pas le jurer, mais il connaissait vaguement l'infirmier qui fournissait David et ce type-là ne fourguait pas de marocain. Édith avait levé les yeux au ciel. L'idée que du crack pouvait circuler dans un hôpital psychiatrique faisait douter de la réalité de ce monde – ou de ses chances d'arriver en un seul morceau.

Mais elle refusait, n'était-ce que d'*envisager*, elle refusait *catégoriquement d'envisager* l'emploi de recette particulière, cette fois, du moins tant qu'on n'aurait pas trouvé le moyen de contrôler cet épouvantable flux d'énergie qui vous consumait un homme en quelques jours. Il n'en était pas question. Elle se trouvait encore au chevet de Paul, le matin même, et sans doute ne devait-il la vie qu'au traitement à haute dose de vitamine C que Marga avait préconisé par le biais d'un coup de fil au directeur de l'hôpital qui était dans le coup, qui participait activement aux réunions, qui amenait sa femme et sa fille avec lui depuis le début. « À haute dose, la vitamine C constitue un bouclier, expliquait Marga. Je parle là de plusieurs dizaines de grammes quotidiens, oui, tu m'as bien entendue. De terribles cancer ont été vaincus par cette méthode, mais il en faut des quantités. »

Marga n'avait toujours pas expliqué à quoi servaient les fœtus enterrés dans le jardin, mais ce n'était pas pour cette raison qu'Édith renâclait à employer la force contre le type qui approvisionnait David, mais parce qu'elle pensait que rien ne pouvait empêcher un homme de se droguer s'il en décidait ainsi. En tout cas, pas la disparition d'un revendeur.

Imaginer que David fumait du crack n'avait rien de très réjouissant. Elle passa une partie de l'après-midi à réfléchir à la conduite qu'il convenait d'adopter face à ce nouveau problème mais il ne suffisait pas de réfléchir pour que les réponses tombent du ciel munies d'un joli ruban et elle sécha.

Elle examina ses Bruno Frisoni avec un sourire mélancolique.

Ce soir-là, Marc la demanda en mariage. Une jolie bague venait avec. Il était arrivé au moment où elle était entrée dans la salle de bains et elle avait eu un instant d'hésitation avant de lui ouvrir car un simple peignoir n'avait jamais arrêté Marc lorsqu'il avait une idée précise en tête. Il resta assis sur le bidet, à la regarder tandis qu'elle admirait le bijou à son doigt – dans son for intérieur, elle suffoquait, comme si une énorme vague s'était abattue sur elle.

Ils finirent par s'enlacer – une fois qu'elle eut recouvré ses esprits et qu'il eut, lui, cessé de balayer le sol des yeux comme s'il avait perdu quelque chose. Elle se pendit à son cou, puis elle l'invita sous la douche. C'était presque douloureux. Être épousée par cet homme était proche du point de côté, en terme de douleur. Pour dire la vérité, elle pleurait à moitié, profitant de la douche pour pulvériser ses larmes. Il s'agissait d'un très grand soir. Les femmes qui ne versaient pas quelques larmes, dans les grandes occasions, n'avaient aucune chance de jamais satisfaire totalement un homme. Tout le monde savait ça.

Elle demanda néanmoins quelques jours pour accepter sa demande. Non qu'elle souhaitât jouer avec ses nerfs ou par coquetterie mais parce qu'elle considérait qu'un tel engagement méritait d'être traité avec plus de solennité qu'une proposition de départ en week-end, genre.

« J'ai hâte de l'annoncer », fit-il en lui prenant les mains et en les attirant vers son sexe alors que son sperme lui coulait encore entre les jambes. Au fond, il n'y avait pas de grande différence entre un sexolique et un Alzheimer, estima-t-elle.

Irène s'interrompit à peine dans l'arrosage de ses plantes lorsque Marc annonça la nouvelle. Elle retint même le léger haussement d'épaules que l'on réservait à ce genre d'événement lorsqu'un fils épousait celle qu'on honnissait autrefois mais que l'on avait rendue transparente aujourd'hui. Inexistante. Il pouvait l'épouser autant qu'il voulait.

Elle avait d'autres chats à fouetter. À l'arrivée de Marc, Victor avait discrètement battu en retraite vers le balcon, mais il avait laissé ouvert, si bien qu'il s'accouda bientôt à la balustrade et fixa l'horizon en fronçant les sourcils. Mais lui aussi semblait avoir d'autres soucis.

Irène et lui sortaient d'un accrochage matinal qui avait pris fin, d'un accord tacite, à la seconde où la Mercedes de Marc était apparue dans l'allée.

Victor était persuadé qu'elle couchait avec Olivier De Watt, mais elle refusait de l'admettre. Elle ne disait pas non plus qu'elle ne le faisait pas. Elle montait sur un petit escabeau avec son arrosoir au long col et faisait comme si elle ne l'entendait plus.

Il était mal placé pour lui reprocher une quelconque infidélité. Il y avait de quoi enrager, sans doute, mais il ne pouvait que reculer sur ce terrain. Son passé était chargé. Il n'avait certes pas donné le bon exemple. Mais Dieu, là-dedans ? Qu'est-ce qu'Il pensait de tout ça ? Croyait-elle se comporter en bonne catholique en agissant ainsi ? En lui refusant son pardon et en couchant avec un autre homme ?

Devant son silence, il avait fini par lui secouer le bras. N'évitant l'arrosoir que de justesse, grâce à un bond en arrière dont la brusquerie se faisait à présent sentir comme un coup de sabre qui allait de l'arrière de la cuisse au sommet du rein. Épouser Édith ? Ce n'était certainement pas la chose la plus stupide que ce crétin était capable de faire. De temps en temps, quand il croisait par accident le regard de son fils, il cherchait en vain une trace de filiation quelconque avec ce parfait petit Brutus.

En fait, ce qu'Irène digérait très mal s'appelait *reconversion*. Ce qui la rendait si réactive tenait au fait qu'il était lentement mais sûrement revenu vers le Seigneur tandis que, de son côté, elle avait choisi de forniquer en ville comme la première blondasse venue. Il essayait de ne pas prendre une pose trop avantageuse s'ils abordaient le sujet, mais elle ne parvenait tellement pas à croire que lui, Victor Sollens, eût de nouveau ouvert son cœur à Jésus-Christ qu'il ne pouvait faire autrement que de la considérer avec un sourire affectueux qui la mettait positivement hors d'elle.

L'autre soir, il l'avait surprise en grande conversation avec son fils. Occupés à ourdir contre lui ? Vaguement écœuré, il descendit au jardin et Josianne lui expliqua qu'il faudrait sans doute scier le bas d'une porte si les choses se passaient ici. Est-ce qu'il était d'accord ? Il fit signe que oui. Il s'en moquait éperdument, en vérité.

Il empoigna un sécateur et se mit à tailler tout ce qui lui tombait sous la main pour être dispensé de discussion jusqu'au moment où il entendit le moteur de la Mercedes ronfler et s'éloigner dans le lointain.

« Victor, je vais te demander de partir, lui dit-elle tandis qu'il se garait devant l'église. Il est temps que tu quittes la maison. » À ces mots, Victor se ratatina et il lui advint alors une chose qui ne lui était encore jamais advenue : il cala. En sorte qu'Irène, prenant la mesure de l'incident, préféra descendre.

« Je suis désolée », lâcha-t-elle en mettant un pied hors de l'Aston Martin.

Moins d'une minute plus tard, serrant les dents, il sortit à son tour du véhicule, mais il était sonné. Il entendait un sifflement. Il crut qu'il se trouvait sur le point de s'évanouir mais il ne s'agissait que du silence qui s'était abattu autour de lui. Il se vaporisa quelques jets de Trinitrine dans le fond de la gorge. Un instant, il demeura immobile, courbé, appuyé contre son engin – qui lui, au moins, ne l'abandonnait pas.

Elle le foutait dehors. Tout à coup, déglutir n'était plus simple. Il desserra sa cravate et marcha vers l'église. Ses jambes tremblaient. Il gardait son aérosol serré dans sa main. Il préférait encore combattre un ours que d'être jeté hors de sa maison. Il ne s'attendait pas à ça. Être foutu dehors.

Il fit un peu d'hyperventilation tandis qu'il trempait le bout des doigts dans le bénitier et se signait en claquant des dents intérieurement. Car il avait froid, à présent. La chaleur l'avait écrasé durant la courte montée qui conduisait à la maison du Seigneur et maintenant il grelottait. Car tout était fichu, si elle le virait. Toutes les chances de retrouver quelque chose seraient à jamais anéanties, si elle le virait.

Des bribes de conversation venaient de la sacristie. Bien sûr. Il y avait la Grande Tombola de décembre à organiser. Il était là pour ça. Il n'était pas là pour dévaler jusqu'au pied de la montagne. Il décida de s'asseoir un instant. Des glaires lui remontaient dans la gorge. Il toussa et cracha dans son mouchoir, sous le regard de la Sainte Vierge – qu'il n'avait jamais cessé d'aimer, même au plus fort de sa désaffection spirituelle qui datait de l'époque où ses deux garçons s'étaient fichus en l'air tandis qu'il était lui-même absent de la maison pour quelques jours, même s'il n'existait aucun lien entre les deux événements.

Une journée pouvait parfois peser comme dix années. Des gouttes de sueur glacée se formaient sur son front et il les voyait s'écraser entre ses pieds, sur les pierres que les fidèles avaient polies au fil du temps. Il avait l'impression d'entendre leur fracas – comme celui d'une vague sur un mur – lorsqu'elles parvenaient à destination. Maintenant, sa respiration sifflait comme une petite forge. Irène ne pouvait pas faire ça. Il n'avait pas pu l'offenser au point qu'elle voulût le voir sombrer comme une pierre au fond du lac.

Il s'agissait à présent de se cramponner au prie-Dieu. Car il était saisi d'un léger mais très sensible tremblement de tout son corps. Elle ne se rendait sans doute pas compte de l'effet qu'elle produisait sur lui, de la douleur qu'elle lui infligeait en le rejetant ainsi alors qu'il ne voguait plus qu'à quelques encâblures de la mort.

Des milliers de petites bougies brûlaient. Voulant s'en approcher, il les renversa et les entraîna dans sa chute. De la cire lui éclaboussa la figure. Mais le plus inquiétant provenait de ce violent courant électrique qui le traversait et du silence qu'il gardait au lieu d'appeler à l'aide. Quoi qu'il en soit, il la suppliait de tout son cœur de ne pas appliquer l'effroyable résolution qu'elle avait prise. Pitié. Puis il comprit qu'il tenait ses mâchoires serrées de peur de se mordre la langue. Près de son œil, à quelques centimètres, un arbre de feu crépitait dans la nuit.

Sans effort, il se redressa. Il s'était transformé en essaim. Chaque particule de son être vibrionnait comme une petite abeille. Elle ne pouvait pas ignorer qu'elle le tuerait. Elle ne pouvait pas ignorer que Dieu envoyait de terribles épreuves et qu'il appartenait à chacun d'en tirer ce qui était juste. Pourquoi feignait-elle d'ignorer l'homme qu'il était – et pas le mari volage d'autrefois, pas le mauvais père, pas l'homme d'argent, pas cette créature insignifiante et aveugle –, pourquoi faisait-elle semblant de ne pas comprendre ? Ah ! N'était-ce pas elle, à présent, qui avait perdu son cœur en route ? Il ferma les yeux. La légèreté. Pour goûter entièrement l'expérience de la légèreté, mieux valait les fermer. Oh, l'absolue légèreté qu'il expérimentait alors ! Elle ne voyait pas ? Elle ne voyait pas l'homme qu'il était réellement ?

Il ne croyait pas si bien dire. Irène était là, en effet. Joffrey se trouvait là également. Bouche bée l'un et l'autre. Les vitraux resplendissaient. Les deux avaient les yeux braqués sur lui et semblaient pris dans la glu. Feindrait-elle encore longtemps de ne pas voir ? Joffrey avait dû presser le bras d'Irène et lui indiquer que les pieds de son mari flottaient à vingt centimètres du sol. Et il n'était pas pendu à une corde, cette fois.

Joffrey insista pour qu'elle suspende, au moins provisoirement, l'expulsion de Victor. Il voulait qu'elle soit charitable. Car on ne se trouvait pas, a priori, devant un cas ordinaire. Mieux valait rester prudent. Personne ne voulait avoir un accident sur la conscience.

Ils glissèrent un coup d'œil à Victor, assis à l'écart, dans la nef, enveloppé d'une de ces couvertures qu'on distribue aux réfugiés et aux accidentés, exténué semblait-il.

Les traits d'Irène s'étaient assombris. Il n'avait jamais été question que Victor se réinstalle définitivement. Sans doute n'était-elle pas complètement innocente. Sans doute. En le laissant entrer, en lui rouvrant les portes de la maison, elle ne demeurait pas toute blanche. En permettant quelques rares étreintes, elle avait joué avec le feu, preuve en était. À présent, il ne voulait plus partir. Et là où d'autres auraient entamé une quelconque grève de la faim, Victor s'offrait une séance de lévitation. En toute simplicité. Et en pleine église.

Elle se plaignait parfois d'avoir élevé deux sacrés numéros mais elle ne disait pas, elle ne disait *jamais* que ses fils n'étaient rien comparés à leur père. Qui, lui, avait été la source d'une souffrance bien plus profonde, bien plus définitive et jamais tarie. Elle ne disait pas que cet homme était le grand fardeau de sa vie car cet aveu lui aurait fait honte. Comment s'avouer qu'un homme exerçait une telle emprise sur soi ? Comment ? Comment faire pour ne pas se détester, si c'était le cas ?

Elle regarda dans le vague. « Mon père, vous êtes marrant... »

Joffrey, resté sur le seuil, leur envoya un signe affectueux qui ressemblait à une bénédiction tandis qu'ils reprenaient le chemin de l'Aston Martin.

Il ne voulait pas qu'elle conduise. Il avait gardé la couverture sur ses épaules car il avait froid. Il ne savait pas comment cela s'était produit. Il ne cherchait pas à se faire remarquer. « Y a-t-il d'autres tours que tu connaisses et dont je n'ai pas encore profité ? », demanda-t-elle tandis qu'ils descendaient à vive allure vers le pont Lafayette. Il jura que non. Sainte Thérèse d'Avila sortait par les fenêtres et des adeptes de la Méditation Transcendantale donnaient des cours de lévitation en ville. Il ne fallait pas en faire toute une histoire. « Si je dois déménager au sous-sol, je le ferai. Si je dois dormir dans la buanderie ou à côté de la chaudière, je le ferai. Mais ne me jette pas dehors, Irène. Tu as vu comme ça me rendait malade. Sois bonne, ma chérie. »

Ce ton misérable qu'il employait. Difficile de trouver plus suspect. Est-ce qu'il pensait qu'elle ne voyait pas l'éclat de son regard ? Dieu merci, elle couchait à présent avec un autre homme. Ainsi les forces s'équilibraient. Le sursis qu'il décrochait pour le prix de son irrésistible prodige n'avait-il pas un arrière-goût d'aumône ? Ne se berçait-il pas d'un vain, d'un délirant espoir ?

« Ne cherche plus à m'impressionner pour aujourd'hui, lui dit-elle comme il s'engouffrait telle une fusée sur la voie express. Gardes-en pour une autre fois, veux-tu ? »

Il l'inquiétait. Il se rendait bien compte qu'il l'inquiétait. Ça ne datait pas d'aujourd'hui. Elle venait de tourner la tête vers le fleuve qui scintillait dans le couchant et il la voyait songeuse, préoccupée, sur ses gardes. Lui-même, si Irène s'était tout à coup élevée dans les airs, ne l'aurait guère apprécié.

Malheureusement, il n'était pas responsable de ces choses. Il n'avait jamais cherché à voir ses chairs s'ouvrir, ses lèvres se fendre, son sang couler, pas plus qu'il n'avait prévu d'exhibition dans un lieu sacré à seule fin d'attendrir sa femme. Il n'accordait pas d'attention exagérée à ces phénomènes, quant à lui. Parfois, chez certains individus, quelques petites choses clochaient, mais il préférait ça au génie des nombres ou à la vocation de coureur cycliste. Il s'en accommodait. Il n'y avait rien de particulier à en dire. Il suffisait de ne pas en faire la publicité.

Flotter à vingt centimètres du sol représentait un exploit si stupide. Il préférait ne pas en parler et il lui savait gré de ne pas insister car l'exercice lui avait tout de même causé une forte migraine.

En montant vers la maison, tandis que le soleil dansait entre les hauts sapins, il essaya de se remémorer le contenu du réfrigérateur pour voir s'il n'y aurait pas de quoi préparer un repas qui eût l'air sympathique.

Il avait sauvé sa tête. La situation globale n'avait pas de quoi le rendre euphorique, mais rebondir était sans doute ce qu'il préférait au monde. Sauver sa tête procurait de grandes satisfactions. Rebondir donnait de nouvelles forces. Suffisait d'avoir le cœur bien accroché.

Peut-être, *définitivement*, la mort ne voulait-elle pas de lui ? Il ricana intérieurement. Oh, il revenait de loin. Oh, De Watt n'avait qu'à bien se tenir car il était de retour dans cette maison dont on apercevait à présent les toits et qui avait jadis abrité toute la famille.

Josianne les attendait pour leur laisser Géraldine. Elle avait en outre fait l'acquisition d'une scie sauteuse qui allait permettre d'entailler la porte.

« Que moi, j'entaille la porte ? Tu veux que moi, j'entaille la porte ? Que je me serve de cet engin ? Est-ce que c'est une plaisanterie ? Écoute, je ne crois pas être en état, hein. Je ne suis pas en état de scier une porte. Non, Josianne, même pas un tout petit bout. »

Personne ne savait se servir d'une scie sauteuse. C'était un parfait instrument pour se blesser. Il fixait la lame dans son logement et la lame sautait à plusieurs mètres dès qu'il mettait en marche. Il se sentait fatigué d'avance. Mais Irène était intervenue et avait pesé de tout son poids. Il s'agissait de son fils. On lui demandait de faire un effort pour David dont on préparait activement la première nuit en famille et qui donc occuperait cette chambre. On allait également dresser un lit de camp dans le couloir. « Un lit de camp ? Ah bon ? Ah bon ? »

Josianne en avait acheté un, également. En tout cas, il n'y avait pas de pire chose au monde que le bricolage. « C'est du chêne. Ce sont des portes en chêne. Est-ce que tu es sûre que je vais pouvoir scier quatre centimètres d'épaisseur de chêne avec cette *saloperie* ? » Elle n'en savait rien bien sûr et Victor se voyait mal plonger dans le manuel de l'utilisateur qui semblait écrit en tout petit. L'engin ressemblait un peu à un batteur électrique qui lui aussi permettait d'éjecter les accessoires. Pour finir, un nuage de sciure se forma dans le couloir tandis que Victor poussait un long cri de rage et que la scie chantait et fumait dans le bois dur.

9.

« Je suis obligé de te parler. Je n'ai pas envie de le faire, mais j'y suis obligé. Ça ne dépend pas que de moi. Reste assis. Laisse-moi parler. Écoute-moi. Avant tout, qu'une chose soit bien claire. Je ne te considère plus comme mon père. Que nous soyons bien d'accord. Qu'il n'y ait pas d'ambiguïté là-dessus. Très bien. Maintenant, tu connais la situation. Tu connais la situation, n'est-ce pas ? Je n'ai que deux bras. Je ne peux pas faire le travail de David. Ce sera toi ou un autre, de toute façon. Béa est convaincue que tu es la meilleure recrue possible, compte tenu de ce qui est greffé autour, tu vois ce que je veux dire. Même si je préférerais que nous n'entretenions aucune espèce de rapport l'un avec l'autre, nous allons être obligés de garder une sorte de contact. Si nous voulons y arriver... »

Dans son bureau, Béa croisait les doigts. Elle espérait vivement que Victor Sollens acceptât l'offre de son fils car elle était à bout de forces – et la kermesse approchait, gonflant l'horizon d'un surcroît de travail qui l'angoissait par avance. Elle était parfaitement au courant des causes de leur rupture mais Victor Sollens avait l'avantage d'être opérationnel dans la minute – même si c'était Marc, à présent, qui occupait son ancien bureau.

Elle le voyait plissant des yeux, examinant son fils, hochant la tête. Jubilant intérieurement, sans doute, mais forcément intéressé. Chacun connaissait l'attachement de Victor Sollens pour l'entreprise – qu'il avait hissée aux tous premiers rangs des concessionnaires de la marque à une époque où ses enfants sortaient à peine de leurs couches. Chacun savait qu'il regrettait d'avoir abandonné les commandes du navire et qu'il ne retirait pas de la gestion de son portefeuille autant de plaisir que lorsqu'il se livrait à son ancien commerce – car rien au monde ne remplaçait le pur bonheur de vendre une belle et bonne voiture à l'un de ses semblables, surtout durant la période où le pays se construisait.

Durant l'installation de son père dans le bureau voisin, Marc tira les stores. Il décocha un regard sombre en direction de Béa qui n'attendait qu'une chose, qu'il passât sa colère sur elle afin qu'elle pût l'aimer et le détester davantage. Mais Marc savait qu'elle avait raison, que l'on ne pouvait pas trouver mieux que Victor pour prendre leur train en marche. La pilule était amère mais elle pouvait soigner le malade.

« Béa, écoutez... hum... Béa...

— Je vous ferai un bouclier de mon propre corps, Marc. Vous pouvez compter sur moi.

— Merci, Béa.

— Je ne le laisserai pas vous approcher.

— Merci, Béa.

— Ne vous inquiétez pas. Détendez-vous.

— *Je* suis le patron de cette boîte. *Il* n'est pas le patron de cette boîte. Okay ? Et s'il critique quoi que ce soit, si vous l'entendez critiquer quoi que ce soit, vous venez me le rapporter. J'irai lui parler. Je veux que vous l'ayez à l'œil, Béa. Je ne vais pas me laisser emmerder. »

Le soir, il passa chez sa mère pour vérifier que la modification que Victor avait effectuée sur la porte serait suffisante et que celle-ci fermait bien. Il testa la rigidité du lit de camp installé dans le couloir, il resta allongé dessus et imagina la scène.

« Il va falloir des boules Quiès », fit-il en se relevant. Victor déclara qu'il avait trouvé un joint de caoutchouc à fixer dans l'encadrement et qu'il allait l'installer.

« Que *toi* tu vas installer ? Ah ! Ah ! Remarque, ça m'est égal. »

Josianne passa près d'eux en rougissant à moitié tandis que les deux hommes vérifiaient les infrastructures de l'opération. Ils la regardèrent s'éloigner vers l'escalier avec ce superbe postérieur qu'elle avait – certaines filles gagnaient des millions avec le même exactement, certaines filles s'achetaient des villas à Hollywood ou sur la Côte avec le même produit, d'où ce sentiment, parfois, que la vie était une sinistre farce.

Au fond, celui qui ne tombait pas à genoux, chaque matin, pour remercier le Ciel d'être encore en vie manquait franchement d'humour.

« D'autre part. Si j'ai un conseil à te donner.

Olivier De Watt. Méfie-toi de lui. Olivier De Watt. Irène.

— Ah ? Tu es au courant ?

— Mais qu'est-ce que tu fous ? Dis-moi, qu'est-ce que tu fous ?

— Je dois faire quoi... l'attacher ? Donne-moi la solution, si tu la connais. Si tu es si fort... Quoi qu'il en soit, je ne suis pas encore sur la touche.

— On ne le dirait pas. Crois-moi. Personnellement, je trouve que tu mets du temps à intervenir. Dans certaines familles, Irène serait déjà en cure de détox. Tu attends quoi ? De les voir se promener en ville ? »

Victor serra les dents. Mais il ne répondit rien et gagna directement sa chambre à l'autre bout du couloir.

Résister ne servait à rien, se disait-il. Lorsque l'on a affaire à si forte partie, résister ne servait à rien. Il semblait que le mépris qu'il inspirait à son fils eût empiré. Assis sur son lit, dans la pénombre, il parla de cette dégradation avec Sonia, mais aussi du fait qu'ils travaillaient désormais ensemble et que c'était à n'y rien comprendre.

« Ne cherche pas, lui dit-elle. Ce type est tellement bizarre. »

Ce n'était pas lui qui allait la contredire.

Il ne descendit pas manger, mais aussi personne ne l'appela. Il avait quelques biscuits secs dans sa table de nuit, si durs qu'il ne les conservait que comme rations de survie, quand la peur d'y laisser une dent ne comptait plus guère. Il souhaitait se faire oublier, justement. Il avait obtenu d'Irène et de Joffrey qu'ils gardent le silence à propos de la manière dont il s'était encore distingué l'autre matin et, tout aussi récemment encore. Il était parvenu à sauver sa tête, il avait escamoté la sentence de mort qui allait s'abattre sur lui. En sorte qu'il convenait de ne plus faire de vagues durant un moment. Savoir faire le mort quand il le fallait représentait un formidable atout dans l'existence. De même que savoir faire le ventre mou pour absorber les différents chocs que subissait tout un chacun au cours d'une vie.

Heureusement qu'il avait encore une petite-fille avec qui parler. Heureusement qu'elle était là. On ne lui demandait pas non plus ce qu'il pensait de cette liaison qu'elle avait avec Roberto. Il semblait qu'à présent son avis n'importât plus à personne.

Son investissement auprès de Joffrey et de ses œuvres lui permettait de conserver un moral minimum dans d'aussi pénibles circonstances. Les coups en question pleuvaient de tous côtés mais trier quelques frusques poussiéreuses, tenir un stand, assister à la messe ou distribuer de la soupe libérait l'esprit. Il hésita entre rappeler Sonia pour lui annoncer que sa grand-mère avait pris un amant et se coucher bien sagement, car il comptait bien arriver de bonne heure au garage le lendemain matin, afin de donner l'exemple, et par là même vérifier que chacun possédait une bonne montre.

Plus tard, il entendit l'eau couler dans la salle de bains d'Irène. Il demeura encore quelques minutes sans bouger, dans l'obscurité, puis il alla frapper à sa porte.

« Que veux-tu ? lui demanda-t-elle. Il est tard. »

Il s'agissait d'un point dont ils devaient parler sans délai.

Il fit quelques pas à l'intérieur de la chambre puis s'immobilisa tandis qu'elle disparaissait dans la salle de bains, en sortait aussitôt et y retournait. La toilette du soir, chez une femme consciencieuse, prenait souvent l'aspect d'une course opaque, au parcours incompréhensible. Ainsi, tandis qu'Irène, donc, multipliait ses allers et retours devant lui, Victor s'imprégna-t-il de la difficulté de se lancer lorsqu'il s'agissait d'aborder certain sujet qu'on avait sur le cœur.

En tout cas, elle devait cesser. Et ce n'était pas en l'obligeant à dire plus vertement les choses, à les appeler par leur nom, comme elle voulait l'y contraindre, que le message deviendrait plus clair. Elle s'arrêta. Elle se passait sur les mains une crème qui avait un léger parfum d'amande.

« Je vais te demander de retourner dans ta chambre, lui dit-elle.

— Je ne parle pas simplement en mon nom. Je te parle au nom de tes fils. Au nom de la famille. Au nom de nos amis, de nos voisins. Je te demande solennellement de mettre fin à cette horrible histoire avant que ta réputation...

— Ma réputation ? Ne te soucie pas de ma réputation.

— Tu rends beaucoup de gens mal à l'aise. Tu ne peux pas te conduire comme une célibataire de trente ans. Impossible, Irène. C'est tout bonnement impossible.

— Pourquoi n'irais-tu pas te coucher, à présent ?

— Parce que je m'inquiète pour toi. Parce que je te vois t'engager sur un chemin qui ne te conduira pas où tu penses.

— Détrompe-toi. Il m'a guérie de toi. Il m'a entièrement guérie de toi. Je ne désirais rien d'autre.

— Guérir de moi. En voilà une idée. Je suis donc une telle malédiction à tes yeux ? Une maladie ? »

Au cas où le besoin s'en ferait sentir, elle lui indiqua la boîte de mouchoirs et s'en retourna dans la salle d'eau.

Il baissa la tête. Baisser la tête lui était venu avec l'âge. Il adorait les mules qu'elle portait, le peignoir qu'elle portait, vaguement croisé sur sa poitrine, et elle continuait de lui échapper avec une constance hallucinante.

« Je ne fais pas ça pour t'embêter, tu sais, lança-t-elle sans se montrer. Je le fais pour moi.

— Je vais attendre le moment où tu vas retrouver tes esprits. Je vais attendre le moment où tu vas ouvrir les yeux, te réveiller et demander quel est ce cauchemar.

— Vraiment ? »

Une chouette hululait dans le jardin. Il s'avança jusqu'à la fenêtre devant laquelle dansait un ravissant nuage de lucioles. Il convenait avant tout de ne pas perdre courage. Lui-même avait le sentiment d'avoir avancé, d'avoir mis les pieds dans une autre vie, et il ne doutait pas qu'Irène se ressaisirait. Mais quand ? Se ressaisirait-elle à temps ? Certaines épiphanies se produisaient trop tard.

Elle passa juste la tête pour lui dire qu'à propos elle le félicitait pour le nouveau job qu'il avait décroché auprès de son fils. Il se contenta de hocher la tête. Il ne savait pas encore s'il devait s'en féliciter ou non. Marc le détestait à un point qu'il n'était pas sûr de pouvoir supporter plus de dix heures d'affilée – à moins de prendre des cours de yoga intensifs et un peu de Valium.

Il prit place dans le fauteuil placé à côté du lit. « J'aimerais passer la nuit dans ce fauteuil. Tu crois que c'est possible ? »

Elle apparut de nouveau dans l'encadrement de la porte. Elle avait mis un bandeau qui dégageait son front. « En quel honneur ? »

Il fit la moue, secoua la tête. « Aucun honneur particulier. Si un homme peut coucher avec toi, pourquoi moi ne pourrais-je pas dormir dans ce fauteuil ? »

Elle s'installa devant sa coiffeuse. « Parce que c'est comme ça. Parce que j'ai fait ce qu'il fallait. Continue de m'amuser avec tes tours.

— Moque-toi de moi, moque-toi de moi autant que tu voudras. Mais il se trouve que je n'y suis pour rien. Voilà au moins une chose que tu ne peux pas me reprocher. Je ne cherche pas à t'en mettre plein la vue, tu sais. Tu ne risques pas de m'entendre me vanter de ces histoires. Qui irait se vanter de donner là-dedans ? Qui aurait envie de passer pour un phénomène de cirque en racontant ça ?

— Pour le fauteuil, c'est non.

— C'est non ? Très bien. Parfait. Je n'insiste pas. Si je meurs, je ne veux plus être incinéré. J'ai changé d'avis. Je veux être enterré. Qu'en dis-tu ? J'ai parlé à droite et à gauche, et à présent, ma conviction est faite. J'en ai assez de faire le malin, ça ne se voit pas ? Je revois Valérie, cette pauvre Valérie, presque découpée en morceaux, et tout à coup c'est moi que j'aperçois dans l'herbe, ce sont mes morceaux, ce sont les morceaux de mon propre corps éparpillés dans une mare de sang que j'aperçois dans l'herbe. Est-ce que tu penses que j'ai toujours envie de faire l'imbécile, est-ce que ça ne t'éclaire pas sur moi ? »

Elle le considéra un moment sans rien dire.

« Tu es un homme effrayant, Victor. Et pardonne-moi, mais je suis au regret de te dire que tu n'as jamais été aussi effrayant de ta vie. »

C'était souvent ainsi. Cherchant à s'améliorer, on éveillait la méfiance et les accusations de duplicité pleuvaient comme les pétales de fleurs au printemps.

Il se releva. Pas complètement car son dos bloquait, mais il en allait ainsi lorsque l'on abritait l'âme d'un homme effrayant.

« Ça ira ? » demanda-t-elle. Il la rassura d'un geste en se dirigeant vers la porte, la main tendue vers la poignée, le regard brillant.

Roberto n'avait jamais eu d'accident de moto. Mais, cette fois, il envoya sa chère Moto Guzzi droit dans un arbre, à cinq cents mètres de la maison. Quant à lui, il continua sur sa lancée, transformé en boulet de canon. Il y avait un fort trafic sur la voie rapide, des centaines de voitures fonçaient, mais il passa par-dessus comme une météorite et atterrit dans le creux d'une large bâche, tendue entre deux pylônes, qui souhaitait bienvenue au Père Noël, au nom de la ville et de son nouveau maire, Vincent Delborde.

À peine s'il en eut le souffle coupé. La Ballabio était en miettes – des larmes lui coulèrent abondamment des yeux, sur le chemin du retour.

Où donc avait-il encore eu la tête ? La veille, il avait oublié une pizza dans le four et, le jour précédent, tandis qu'il collectait les pièces de monnaie de ses machines, il avait mis le feu au panier à linge d'un vieil homme en jetant une allumette, l'esprit ailleurs. Ces blancs. Ces absences. Ces mille petites preuves du problème qui se posait. Et maintenant ça. Il avait envoyé sa moto dans le décor. Un miracle s'il en était sorti sain et sauf.

Ça n'allait plus du tout. Sonia se mit très en colère contre lui au prétexte que l'idée fixe qui le rongeait mettait désormais sa vie en péril. Était-il encore capable de prendre le métro, de conduire quelque véhicule, de prendre un simple bain, seul, s'il était ailleurs en permanence ? Parvenait-il encore à penser à quoi que ce soit d'autre ? Même lorsqu'ils faisaient l'amour, à présent, elle sentait quelque chose, elle sentait qu'il n'était pas là à cent pour cent.

Marc n'y pouvait rien. Un homme qui se mettait en ménage avec la fille d'un ami ne devait pas s'attendre à couler des jours paisibles. Il se leva pour fermer la porte de son bureau car il s'agissait là d'une conversation privée et Sonia avait blêmi – puis jetant un coup d'œil à Victor qui, du couloir, fronçait les sourcils, il tira les stores.

« Laisse-moi te dire une chose. Normalement, je devrais l'étrangler de mes mains. Il le sait. Mais comme tu le vois, je ne le fais pas. Et c'est un très gros effort de ma part. Donc, ne m'accuse pas de ne rien faire. Je fais déjà beaucoup. Je ne peux pas t'expliquer, mais le simple fait de le laisser tranquille est déjà énorme. Il le sait.

— Je sais qu'il le sait. Il en parle tous les jours. De votre gigantesquissime amitié.

— Gigantesquissime. J'aime ce mot.

— Moi aussi.

— En tout cas, c'était encore bien plus que ça. Nous le considérions comme un frère. Je veux que tu réfléchisses là-dessus. Je veux que tu comprennes que je ressentirais presque la même chose si tu couchais avec David. Pour te donner une idée. Tu sais, je crois que tu peux à peu près tout me demander, mais pas de lui accorder ma bénédiction. À mon tour d'attendre un effort de compréhension de ta part. Parce que rien que d'y penser me déchire l'estomac. »

Elle le considéra un instant puis poussa un énorme soupir en signe d'abattement.

« Désolé, dit-il en retournant vers son bureau pour prendre une cigarette. Les relations humaines sont complexes. Les nerfs ne sont pas étirables à l'infini. Note que j'ai tout de même obtenu de Catherine qu'elle regarde ailleurs. Il me doit une fière chandelle. Il ne faut pas m'en demander trop. Je suis déjà au-delà de tout ce que je peux décemment accorder à notre ami si je veux rester en paix avec moi-même et ce n'est pas du baratin que je te fais là. Regarde mes mains. Elles tremblent, n'est-ce pas ? C'est parce que tu es là, tu es là, assise devant moi, toi ma fille, à plaider pour lui... écoute, nous avons couché dans les mêmes lits, avec les mêmes filles... je crois qu'un dessin n'est pas nécessaire... je crois qu'on voit tout de suite où le bât blesse, avec ce con. Attends. J'ai le droit de l'appeler comme je veux, d'accord ? J'ai le droit d'appeler ce con de la manière qui me plaît quand je pense aux retombées de son exploit. »

Il la rattrapa dans l'escalier. Elle était encore plus soupe au lait que sa mère. Il l'emmena déjeuner sur le toit d'un immeuble. La campagne verdoyait de l'autre côté du fleuve – on ne distinguait plus ni routes ni quoi que ce soit en dehors des forêts qui semblaient s'étaler jusqu'à l'horizon – et la plupart des hommes installés aux autres tables avaient levé les yeux sur cette fille de vingt ans.

« Souviens-toi de ce plat de pâtes que David lui a lancé à la figure. Je te certifie qu'il ne fait pas ça tous les jours. C'est pour te dire. Au cas où tu penserais que j'exagère. Tu es ma fille. Tu ne dois pas penser que je ne suis pas de ton côté. Je regrette si mon comportement ne permet pas... ne *te* permet pas de... ce n'est pas toujours évident... mais ça fait quoi... six mois ? »

Elle parcourait le menu. Derrière de grosses lunettes. « Presque sept, fit-elle.

— Ce n'est pas beaucoup. C'est peu pour ce qui nous est arrivé, non ? Eh bien, cependant, veux-tu que je te dise, j'ai l'impression que ça marche. Je sais qu'on ne peut pas parler de ces choses, bien sûr, je le sais bien, mais ça ne va pas nous tuer d'admettre que nous ne nous en sortons pas si mal, après tout... » Il s'interrompit un instant pour observer sa fille qui elle-même l'observait – avec une sorte d'inquiétude. « Je sais ce que tu penses. Tu penses que je ne me soucie pas suffisamment de toi, mais c'est une erreur. N'oublions pas que tu n'as jamais sauté sur mes genoux, que je ne t'ai jamais prise contre moi, ni donné la main pour te conduire à l'école, ni fêté aucune fête avec toi, ni collectionné tes dents, ni rien de tout ça. Je ne sais pas. Ça doit aider, non ? »

Il était toujours difficile de savoir si l'on s'y était bien pris. Quelle impression l'on avait fait sur une autre personne. Il avait veillé à se montrer moins lourd durant le repas, à l'interroger sur ses cours, sur les livres qu'elle avait lus et la musique qu'elle avait écoutée, mais peut-être n'avait-elle retenu de lui que l'image d'un type suspendu à ses stupides règles d'un autre âge, qui ne voulait rien savoir de rien et se moquait d'avoir un nouvel accident ou pire sur la conscience, sachant que Roberto n'allait pas bien.

Elle l'avait embrassé un peu vite, mais pas si vite non plus. Difficile de mesurer les choses au millimètre. Il pensait qu'elle avait compris l'idée générale mais que ça ne la ferait pas dévier d'un iota. Il grimaça un peu en la regardant s'éloigner mais songea que l'on pouvait également compter sur l'inconstance amoureuse qui semblait à cet âge la qualité la mieux partagée. Il croisa les doigts.

Il avait deux messages de Martine, la sœur de Béa, auxquels il ne répondit pas. Il ne devait absolument pas penser à elle. Il demanda cependant de ses nouvelles à Béa, mais elles n'étaient pas très bonnes car le divorce ne se passait pas bien – le mari venait d'enlever plus ou moins les enfants. Du bureau de David, Victor cherchait à lire quelques informations sur le visage de son fils mais il n'y avait aucune raison de le rassurer sur quoi que ce soit et Marc, jusqu'au soir, se garda bien de croiser une seule fois le regard de son père – qui en échange conversa bruyamment avec les gens de Stuttgart, leur annonçant qu'il était de retour.

Avant la fermeture, comme il mentionnait son mariage prochain, il fut témoin d'une subite crise de mélancolie de la part de Béa. Elle pleura longuement dans un mouchoir, sans vouloir donner les raisons de cette scène désolante sinon qu'elle se sentait seule et désemparée et allait finir vieille fille. Il la prit par l'épaule et lui conseilla de sécher ses larmes, de rentrer chez elle, et de se faire couler un bain.

« Si tu as jeté un sort à cet homme, Marga, je dis bien si tu as jeté un sort à cet homme, un sort ou Dieu sait quoi, peu importe le nom que tu lui donnes, tu vas en entendre parler. Je te conseille de prier pour ne pas qu'il claque.

— Sauf que je n'ai pas fait ça. Tu penses bien. Réfléchis une minute. »

Il avait encore le doigt en l'air, mais elle le fixait si intensément qu'il s'en trouva désarmé et qu'il renonça à poursuivre.

Plus tard, dans le bureau de l'inspecteur Blotte, il signa sa déposition en ricanant aux élucubrations de ce dernier qui se demandait si le mal mystérieux qui maintenait Paul entre la vie et la mort ne relevait pas de la sorcellerie pure et simple.

« Vous pensez à quoi, inspecteur ? À l'emploi d'une formule magique ? À l'intervention personnelle du Démon ? Allez-vous faire appel à un exorciste ? À quelques bouquets d'ail ? »

Il lui fallut remercier De Watt une seconde fois – et en si peu de temps que la chose aurait été gênante si l'autre n'avait pas largement profité des faveurs d'Irène. « Merci encore, Olivier. Je pense que ce type a un ulcère. Je pense qu'il lit trop de romans, et pas les meilleurs. Je commence à comprendre pourquoi il y a autant de bavures. Il faudrait interdire à vos hommes de lire Harry Potter, selon moi. »

Il était difficile d'imaginer cet homme – celui-là ou un autre – pratiquant différents jeux sexuels avec Irène. Sans avoir le cœur au bord des lèvres.

Il s'excusa auprès de celui-ci et s'en alla vomir dans les toilettes. Franchement, la chose était insupportable pour un homme dans son cas.

Pendant ce temps, le bus avait été remis en état et Victor, après inspection, félicita tout le monde et en particulier Hermann, le chef d'atelier, qui vouait à son ancien patron un attachement sans faille. Être servi par de tels hommes, loyaux, habiles, dignes de confiance, réchauffait le cœur d'un chef d'entreprise, bien plus ordinairement soumis au mépris de sa main-d'œuvre qu'à de plus chaudes démonstrations.

Béa observa la scène de son bureau et la rapporta fidèlement au seul patron qu'elle se connaissait – et dans une chemise duquel elle avait passé la nuit à s'entortiller et à gémir, maintenant qu'il se mariait.

Marc glissa un doigt entre les lamelles du store et les écarta d'un air songeur. On commençait à monter les tentes sur le parking, à installer l'électricité, à déployer les banderoles, les pavillons portant l'étoile, les kakémonos annonçant la prochaine ouverture de la Grande Braderie de l'Hiver – bien que l'on se promenât encore en chemisette. « Malheureusement, nous avons besoin de lui », se résolut-il à lâcher.

Puis il demanda à Béa si elle n'avait pas des pastilles de menthe ou quoi que ce soit qui pût lui ôter le goût désagréable qu'il avait à la bouche.

Victor se porta volontaire. Marc se tourna lentement vers lui. Irène se tourna lentement vers lui. Bradge et Joffrey s'interrompirent. Josianne fronça les sourcils. Le jour touchait à sa fin et dispensait une lueur paisible qui contrastait avec la sourde effervescence qui régnait, à des degrés divers, en chacun. Victor ajouta qu'il estimait de son devoir de père ce rôle qu'il revendiquait, et l'on entendit de nouveau une mouche voler.

En fait, rien ne s'y opposait. Victor tenta un regard en direction de son autre fils, mais celui-ci l'évita ostensiblement. Ce fils-là s'était tellement endurci en vieillissant qu'il ne parvenait plus à seulement dispenser une attention tout juste aimable envers son prochain.

« Excellente idée ! finit par lancer Joffrey en levant son verre pour saluer la proposition de Victor. Excellente initiative, cher ami. »

Victor mit le contact et laissa tourner le moteur. Puis il releva la tête et descendit en ville après avoir baisé la petite croix qui pendait à son rétroviseur. Et l'éclairage public s'illumina.

Ils n'avaient pas la clé, bien sûr. Inutile de chercher.

Une cinquantaine de types se baladaient en ville, ce soir-là, enchaînés à un membre de leur famille, et pour beaucoup l'humiliation était grande.

Certes, il s'agissait-là d'une expérience, d'une tentative peu élaborée, vite mise en place pour répondre à l'engorgement des prisons et autres lieux de détention où éclataient régulièrement des émeutes, mais la dignité en prenait un coup. On aurait dit qu'ils se tenaient en laisse. Certains étaient sortis en aboyant, en hurlant à la mort sur le trottoir, en rugissant comme des animaux. Vivre en Occident et voir de pareilles choses. C'était bien la peine.

On ne s'était même pas interrogé sur la manière dont deux hommes enchaînés l'un à l'autre pouvaient se déshabiller et enfiler un pyjama, mais c'était à prendre ou à laisser, apparemment. L'inhumanité et la stupidité faisaient toujours bon ménage.

Ils avaient procédé à une petite toilette. Acrobatique. Il n'était pas tard mais ils devaient être de retour à huit heures le lendemain matin et Josianne voulait profiter de David au maximum.

« Qu'est-ce que tu lis ? » demanda David. Il s'agissait d'un ouvrage sur la vie de Joseph de Cupertino. Josianne annonça qu'elle se couchait. « Joseph de Cupertino ? » Un livre que Joffrey lui avait prêté, répondit le vieil homme.

En s'allongeant sur le lit de camp, Victor comprit qu'il avait commis une erreur. Bien trop bas. Beaucoup trop bas. Mais il était trop tard, malheureusement, car David venait de fermer la porte et il ne servait à rien d'annuler l'opération en cours – sinon à priver deux jeunes mariés d'une étreinte que tous ceux qui connaissaient l'état des nerfs de Josianne considéraient comme urgente. Il se mordit les lèvres pour ne pas appeler au secours. « Ça va ? Tout va bien ? » lui demanda son fils à l'autre bout, donc, de la chaîne qui passait sous la porte.

Tout allait parfaitement bien. S'il ne prenait que de petites respirations et ne bougeait pas d'un seul cheveu – mais l'affolante proximité de la douleur, tel un bras tapi dans l'ombre, armé d'un long couteau, le faisait transpirer. Combien de temps pourrait-il tenir ainsi, entre la vie et la mort. Combien y avait-il de secondes dans une minute ? Combien y avait-il de minutes dans une heure ?

Joseph de Cupertino avait-il connu de telles affres ? Entendu les gémissements d'une jeune femme jouissant à côté de sa couche, derrière une simple cloison de briques ? Existait-il un autre monde dans tout l'univers qui fût aussi magnifique et cruel ?

Lorsque plus tard Irène monta et le découvrit ainsi, toujours sous le coup de son rayon paralysant, elle recula d'effroi devant son épouvantable grimace. Il leva un doigt pour indiquer qu'il était toujours en vie, puis qu'elle devait s'approcher et tendre l'oreille.

Il réclama ses antidouleur dans un souffle. Conscient de ne pas paraître à son avantage. Et il était exact qu'elle le trouverait ainsi un matin, raide mort, raide entré dans le royaume des cieux, et il ne pouvait pas réellement lui en vouloir.

Il avala trois comprimés d'un coup. La chérie avait même trouvé une paille. Il pouvait encore lire sur son visage le bonheur qu'elle avait d'avoir son fils à la maison et c'était tout ce qui comptait. Au moins, il ne souffrait pas en vain. Il ne se laissait pas bousculer et maltraiter, à droite et à gauche, pour le plaisir. Il voulut se tourner vers elle mais la pointe du couteau l'en empêcha.

« J'espère que tu me trouveras en meilleure forme demain matin », fit-il entre ses dents.

Elle lui épongea le front. « Mais qu'est-ce qui t'a pris ? le sermonna-t-elle. Pourquoi n'avoir pas laissé Marc s'en charger ? Regarde-toi. Tu es content maintenant ?

— C'est mon rôle de chef de famille. D'être là. D'être là où je suis. Tant pis pour moi si c'est un lit de camp. Je ne me plains pas. Je connais des tortures bien plus terribles, Irène, comme tu t'en doutes. »

Elle fit l'innocente. Josianne gloussa de l'autre côté. « Tu serais gentille de m'aider à mettre mes boules Quiès avant de partir, dit-il. Figure-toi que j'ai été pris de court. »

Il ne dormait pas, à trois heures du matin. La lune brillait à la fenêtre, au fond du couloir qu'elle éclairait faiblement. Elle n'avançait pas très vite. Il n'y avait pas que la Grande Braderie de l'Hiver, il y avait également la tombola qu'organisait Joffrey. Il ne pouvait pas y avoir de plus mauvais moment pour s'offrir une crise. La lévitation était une chose, mais sortir de son lit par ses propres moyens représentait le comble du bonheur pour certains.

Il n'avait pas imaginé se trouver un jour dans cette situation. Le temps n'était pas loin où il n'aurait guère songé à s'investir dans cette histoire. Passer la nuit dans le couloir, sur un lit de camp installé au ras du sol... très peu pour lui. Rien, dans ses rapports d'alors avec ses fils, n'aurait justifié qu'il se donnât la peine qu'il se donnait aujourd'hui. C'était nouveau. « Mais soyez bon et voilà ce qui vous arrive », songea-t-il tandis que ses yeux s'embuaient sous le coup d'une stupide tentative de changement de position qui venait de virer au cauchemar.

Sans doute cela venait-il des vêtements et des repas qu'il distribuait depuis quelques mois, de ce genre de choses, en accompagnant Irène à ses bonnes œuvres, cette satisfaction que l'on éprouvait à se rendre utile. Ou bien était-ce simplement l'âge et cette dernière glissade vers l'inconnu. Un léger mieux lui permit de porter ses mains à ses oreilles et il retira ses boules Quiès et constata que la nuit était silencieuse. Maintenant que la lune avait disparu, on distinguait un éblouissant champ d'étoiles que le silence faisait chatoyer.

Étendu sur un lit de douleur. Dans cette situation grotesque. Une heure plus tard encore, il était là, prêt à donner très cher pour trouver le sommeil, mais en même temps il craignait d'y sombrer – parfois, le silence enflait et se mettait à siffler comme un océan de grillons. D'une manière comme de l'autre, il luttait. « Était-ce pour bientôt, se demandait-il, que les gars allaient rajouter vingt ans à nos vies ? »

10.

Roberto disparut quelques jours plus tard. La kermesse battait son plein et Marc n'avait plus une minute à lui lorsque Sonia tomba dans ses bras, totalement effondrée par cette soudaine défection au beau milieu de leur idylle. Plusieurs clients attendaient. Béa déclara aussitôt qu'elle s'en chargeait.

« Quoi ? Comme ça ? Sans un mot d'explication ? » fit-il.

Il y avait un mot d'explication. Une longue lettre qu'elle avait trouvée en rentrant des cours et qui disait en substance que leur amour était impossible – elle haletait – car il avait enfreint certaines règles – et durant un instant, entendant cela, Marc se sentit rasséréné.

Elle éclata en sanglots. Il lui offrit une épaule encore un peu maladroite.

« Le remords le rongeait... », murmura-t-il à la première accalmie.

Ceux qui savaient n'en furent pas étonnés. Et un grand vent de soulagement souffla malgré le désespoir qui frappait Sonia et lui donnait une mine épouvantable.

David était pâle, lui aussi, mais pour d'autres raisons. Il accueillit néanmoins la nouvelle avec satisfaction et s'inquiéta davantage de la manière dont Sonia accusait le coup que du geste de Roberto dont son frère se félicitait.

« En tout cas, j'espère que tu sais ce que tu fais.

— Écoute, je suis dans un asile.

— Je sais parfaitement où tu es.

— Mais tu ne sais pas ce que c'est. Tu n'y vis pas vingt quatre-heures sur vingt-quatre. Tu ne peux même pas imaginer ce que c'est. Il y a des types, ici, qui ont tué leur femme à coups de marteau. D'autres qui ont violé des petites filles. Le type que tu vois là-bas hurle comme un chien enragé toutes les nuits, il a voulu manger sa mère, et j'en passe.

— Je sais. Je dis ça pour ton bien.

— Je sais ce que je fais. Fais-moi sortir de là.

— Bien sûr. Je vais te sortir de là. Mais j'aimerais que tu freines un peu là-dessus. Fais-moi plaisir. Très mauvais pour le souffle, par-dessus le marché.

— Tu n'as pas compris ce que je t'ai dit.

— J'ai parfaitement compris. Je sais. Tu es dans un asile. Ça craint.

— Le blondinet qui vient de passer a dépecé son père et sa mère, puis il est allé chercher sa sœur et il lui a mis la tête entre les mâchoires d'un étau. Plus vite tu me sortiras de là et mieux ça vaudra. »

Marc hocha la tête. Ce n'était pas faute d'y travailler, de parler aux gens qu'il fallait de la manière qu'il fallait, de chercher comment l'on pouvait contourner la loi ou l'assouplir. Mais on ne pouvait pas aller plus vite. Un certain laps de temps était incompressible. Il s'agissait d'un homicide. Pas du vol d'un œuf. Il y avait de nombreux verrous à faire sauter. Avec la plus grande discrétion possible. Car l'affaire pouvait vous revenir en pleine figure. Bradge se mouillait auprès des autorités médicales pour obtenir les bons papiers, le non-lieu psychiatrique, etc. Vincent Delborde se servait des pouvoirs de la mairie, de sa capacité de pression. Chacun y mettait du sien, chacun faisait jouer ses relations, mais on ne pouvait pas aller plus vite que la musique.

« Écoute. Arrête de faire le con avec ça. S'il te plaît. Je n'ai pas envie de me donner du mal de mon côté si tu ne fais pas d'effort.

— Ça va. Ne fais pas ta vieille ronchonne. Ça va. Pas de panique. Je t'ai connu moins émotif. Ça vient de quoi ?... Écoute, je sais où je mets les pieds. Tout va bien. »

Édith ne voulait rien entendre à ce propos. Elle marchait de long en large sur la terrasse, les poings sur les hanches, le front baissé, et elle sommait Marc de ne pas se laisser endormir par ce genre de discours.

Elle avait raison. Il le savait bien. Si l'affaire s'éternisait, David pouvait très bien devenir irrécupérable. Il faisait lourd. Il la rassura en hochant la tête. La kermesse était épuisante. Ils avaient Sonia et Odile à dîner et leur fille passa la moitié de la soirée à essuyer ses larmes. Au cours de l'autre moitié, elle rejoignit résolument sa mère sur la question de l'avenir des fumeurs de crack.

Sinon, il y avait cette lettre qu'elle lisait et relisait depuis trois jours, avec le même effarement, et qui servait de détonateur comme si le papier prenait feu dans sa main.

Sacrément amoureuse. À se demander ce qu'il lui avait fait – Catherine mentionnait un amant fort quelconque sur le plan technique. Profondément amoureuse, même, s'il fallait en croire Odile qui semblait parfaitement renseignée.

Sonia avait décidément un faible pour les hommes mûrs. Chacun avait encore à l'esprit l'épisode du dentiste qui l'avait meurtrie, mais aussi révélée sexuellement, et rien ne permettait d'exclure que Roberto possédât à son tour quelques talents cachés – que Catherine aurait sciemment omis.

La voyant ainsi, ses parents avaient du mal à croire que l'homme qui tant bouleversait leur fille aujourd'hui était leur compagnon d'hier – celui des quatre cents coups comme on disait alors – et qu'elle n'était même pas née lorsqu'ils s'étaient jetés dans les bras l'un de l'autre à la mort de Roy Orbison. Le temps passait si vite. Les nuages défilaient dans le ciel à toute allure et l'on avait à peine le temps d'ouvrir la bouche.

Resté seul, Marc réfléchissait à l'endroit où Roberto avait bien pu poser son sac, mais il espérait qu'aucune idée lumineuse ne lui viendrait et son esprit l'exauçait. Le pays était assez grand pour se cacher et avec un peu de chance, le cœur de Sonia n'allait pas cesser de battre.

Il se laissa bercer un long moment par la prodigieuse Wendy McNeill. Ce qu'il y avait de bien, avec les grands artistes, c'est que l'on pouvait toujours compter sur eux, pensait-il tandis que la voix de la jeune femme posait le doigt juste là où il fallait, juste là au milieu de la poitrine.

Il avait un message de Martine, qui comptait toujours se suicider, qui n'hésiterait pas à se trancher les veines une seconde fois s'il continuait à faire le sourd. Il attendit la fin du CD. Puis il s'assura qu'Édith était couchée. Elle lui savait gré de s'abstenir de temps en temps, de la laisser dormir tranquillement certains soirs.

Il s'en voulut tout au long de la route, il s'en voulut en se garant devant chez elle. Il s'en voulut, le doigt enfoncé dans la sonnette, le regard posé sur un massif d'hortensias bleus en passe de refleurir une troisième fois en décembre. Il s'en voulut de pénétrer à l'intérieur de cette maison.

Elle n'était pas entièrement nue, elle portait un petit cardigan bordé de plumes et des socquettes transparentes. Il ne manquait plus qu'un feu de cheminée – mais aucune nuit n'était descendue au-dessous de vingt depuis l'été.

« Je me suis épilée. Est-ce que ça te plaît ? » fit-elle en posant un pied sur l'accoudoir du canapé. Sa peau était blanche comme de la porcelaine, en sorte que sa fente, rose, luisante, prit encore davantage de relief.

« Que signifie ce chantage ? demanda-t-il. Je commence à en avoir assez. »

Il défit son pantalon et la culbuta sur le canapé. Martine avait un corps menu et une grande chatte. Le piège avait été bien tendu et il était tombé dedans.

Il s'en voulait. Il demandait à son frère de ne plus fumer de crack, mais lui... que proposait-il comme exemple ? Qu'était-il donc en train de fabriquer sur cette fille qui bramait sous lui ? Était-ce là l'exemple de ferme volonté qu'il souhaitait donner ?

En tout cas, le meilleur était à venir.

Car donc, il était là, à la ramoner copieusement, secouant la tête, l'œil brillant, se maudissant encore et encore, sans relâche, lorsqu'il aperçut les deux enfants, dans leur petit pyjama de pilou rose et vert amande, suspendus au spectacle et muets comme des carpes.

« Oh bordel de Dieu, grogna-t-il en roulant sur le côté, libérant du même coup sa semence dans les poils du tapis. Oh bordel de Dieu de merde, Martine. »

Lorsqu'elle redescendit, quelques minutes plus tard, jurant que les petits anges allaient se rendormir, elle déchanta en voyant qu'il s'était rhabillé.

« Marc ?

— Attends. J'ai une question à te poser. Je croyais que leur père les avait *enlevés.* Attends, je croyais que tu étais au bord du désespoir parce que leur père les avait *enlevés.* »

Elle s'avança vers lui d'une démarche provocante, les cuisses encore humides. « Essayons de penser à autre chose. Peu importe ce que tu croyais.

— Peu importe ce que je croyais ? Qu'est-ce que j'entends ?

— Tu préférerais qu'il les ait enlevés pour de bon ? »

Il fit demi-tour. Celui qui faisait demi-tour devant une femme n'était ni un lâche ni un repentant mais un homme qui avait lu deux ou trois fois l'Art de la Guerre. Elle le rattrapa dans le vestibule.

« Tu ne me crois pas. Je le ferai. Me suicider, je le ferai. » Elle s'accrocha follement à ses jambes et le fit tomber. Elle sentait le sexe de façon surprenante pour une femme obsédée par la propreté. Elle tira sur les boutons de sa braguette comme s'il venait de la dépouiller de sa fortune, puis sur ceux de sa chemise qui cédèrent. Il lui saisit les poignets. Elle enroula ses jambes autour de lui. Il se releva avec peine.

Elle le mordit à l'épaule. Il poussa un cri à réveiller tout le pâté de maisons. Puis il se débarrassa d'elle en la flanquant par terre. Le sang commençait à perler. Elle se mit à pleurnicher en se tenant le coude. Il était furieux. Il avait envie de faire deux chose : finir ce qu'il avait commencé avec elle – car elle ne cherchait pas un instant à adopter une posture décente – et, deuxième chose, la gifler à tour de bras.

Il lui décocha un regard extrêmement sombre puis tendit la main vers la porte.

« Quand se revoit-on ? fit-elle tandis qu'il passait le seuil.

— Crève », répondit-il.

Martine possédait une superbe dentition. La morsure était profonde mais irréprochable quant à la parfaite empreinte qu'elle laissait.

Il était aux environs de minuit. Après avoir examiné sa blessure dans le rétroviseur et considéré le piteux état de sa chemise, il fit un détour par le garage. Aux alentours de la gare centrale, d'énormes kakis de la taille de citrouilles, fin mûrs, écarlates, finissaient par s'écraser sur les trottoirs et une forte odeur de fruit pourri flottait dans l'air. La marque des dents posait un vrai problème. Il fallait rouler au pas jusqu'à Saint-Georges à cause de racines qui avaient déformé la chaussée et les filles, à demi nues, en profitaient pour interpeller les hommes dans leur voiture. Heureusement que Martine n'avait pas la rage. À présent, il regrettait de ne pas l'avoir baisée avant de partir et il songea au jour béni où des pensées de cet ordre ne viendraient plus continuellement l'assaillir et lui rendre la vie impossible – à moins qu'il ne fût maudit.

Il y avait de la lumière dans les bureaux.

Il resta plié en deux, tel un Sioux, et pénétra dans celui de Béa pour y prendre une chemise et appliquer une compresse sur l'épatant souvenir que lui laissait Martine.

Ensuite, il s'interrogea sur la conduite qu'il devait adopter. La tentation était forte de lui tomber sur le dos et d'imputer le zèle dont il faisait preuve à un orgueil démesuré. Que voulait-il prouver ? N'avait-il pas mieux à faire tandis que sa femme se trouvait peut-être dans les bras d'un autre homme ?

Il observa son père durant un moment. L'autre manière d'agir se résumait peut-être à une soudaine apparition, suivie d'une réprobation muette et d'un *tu seras bien aimable d'éteindre en sortant* particulièrement glacé.

Parviendrait-il un jour à étrangler cet homme ? Parviendrait-il à l'empoisonner, à l'enfermer dans une caisse qu'il précipiterait dans un gouffre ? Victor avait tout fait pour en arriver là, pour aujourd'hui récolter un tel engouement. Il ne leur avait épargné ni son indifférence, ni ses dénigrements, ni sa soi-disant supériorité, et ils en avaient... comment pourrait-on dire... souffert, sérieusement souffert.

Il jouait les vieillards à présent, les petites choses fragiles, les victimes, les pères détroussés, les maris contrits, les employés modèles, mais qui croyait-il attendrir, ce parfait misérable ? S'imaginait-il que sa femme et ses enfants avaient la mémoire si courte qu'ils n'attendaient que son retour pour lui ouvrir les bras ? Ce vieux schnock, en plein labeur, sur le pont depuis l'aube, ébouriffé de fatigue. Quelle comédie grotesque. C'était donc ça, vieillir ? Capituler sur tous les fronts ? Se ridiculiser ? Baisser la tête et prier pour que la fin ne soit pas trop douloureuse ?

Il descendit à l'atelier et brancha un fer à souder – la mort dans l'âme. Il ne savait pas encore quelle histoire il allait trouver, mais il estimait qu'il ne pouvait pas rentrer chez lui avec une morsure de femme à l'épaule car, même pour un sexolique, il y avait des limites que l'on ne pouvait pas franchir lorsque l'on vivait avec la femme de sa vie.

« Je rentrais de la gym, figure-toi, il faisait bon, j'avais ouvert mon carreau et je m'arrête au croisement de Bette Davis, au feu rouge, comme ça m'est arrivé des centaines de fois, dans ma voiture, le bras à la portière, des centaines de fois, et tout à coup, bing !, deux mains m'empoignent et m'arrachent de la Mercedes – comme si une machine m'avait happé. Sidérant. On entend ça chaque matin et on n'y fait plus attention... jusqu'au moment où on tombe soi-même sur ces dingues. Aïe. Fais un peu attention. Ça me donne des palpitations. Ne me demande pas d'où il a sorti ça, mais l'un des deux types avait un fer à souder à la main. Je n'en sais rien, je n'en sais pas plus que toi, ces types sont dingues, mais c'était un fer à souder. Oui, et je te fais juste remarquer à quelle époque nous sommes, et dans quel pays nous vivons, l'un des plus évolués au monde, peuplé d'une majorité de Blancs... mais c'est un monde de sauvages, un monde livré aux bêtes féroces – dans tous les domaines – et donc, en plus de la voiture, ils veulent mon portefeuille. Les ordures. Bientôt, il faudra sortir armé. Enfin bon, tu devines la suite. Aïe. Fais doucement. Une patrouille les a mis en fuite. Aïe. Tu me fais mal. Il enfonçait son fer brûlant dans mon épaule en me traitant de sale juif. Tu vois le degré d'évolution de ce pays. Sale juif, qu'il me dit. Ce genre de type est capable d'attacher une grand-mère sur une chaise et de la torturer toute la nuit pour une poignée d'euros. On voit ça, dans les pays sous-développés ? Non, on ne voit pas ça. Ouille. Ce degré de sauvagerie. Enfin bref, après cette histoire, je m'arrête au garage pour m'arranger un peu – ça va ? c'est pas trop moche ? – et qui je vois ? sur qui je tombe ? qui je vois, à minuit passé, encore en plein travail ? Exactement. Lui-même. S'abîmant les yeux, luttant contre la fatigue, embarqué dans l'une de ces courses d'endurance dont il avait le secret. J'aurais dû le prendre en photo. Il a un sérieux grain, n'est-ce pas ? Irène n'aurait jamais dû accepter son retour. Je me demande si je ne vais pas le virer. Il me fatigue. Il prend un peu trop ses aises... il prend un peu trop ses aises, non ? Je lui ai demandé de faire du zèle ? Et sois tranquille, demain matin, il sera là avant tout le monde. Le jour se lèvera et il sera là pour ouvrir les portes et inviter chacun à retrousser ses manches... Eh bien je vais te dire une chose, écoute-moi bien : qui m'a le plus agressé, d'après toi ? Qui ? Ces types qui m'ont fait passer un sale quart d'heure ou mon propre père lancé dans je ne sais quelle compétition imbécile qu'il saura tôt ou tard exploiter ? Exactement. Bien vu. Je comprends que tu ne sois pas pressée d'entrer dans cette famille. Attends. Attends. Je respecte ta volonté. Personnellement, personne ne me ferait prendre un beau-père comme celui-là. Oui, je sais qu'Irène, bien sûr, ne t'emballe pas beaucoup, mais elle n'est rien comparée à lui. Mais non, je ne le prends pas mal. Je sais qu'il n'y a pas d'urgence. Je veux que tu sois ma femme, je n'y peux rien. Mais je peux attendre. Tout à l'heure, à la gym, je pensais que je méritais cette épreuve. Je pensais que je ne méritais pas que tu me donnes ton accord aussi vite. Quelle femme aurait envie d'épouser un sexolique ? Je suis tout à fait lucide. Et je ne t'ai pas raconté la meilleure, les flics voulaient m'embarquer si je ne soufflais pas dans leur truc. Ma chemise fumait encore, mais ils n'en démordaient pas. Enfin bon, désolé de t'avoir réveillée. Je suis nul. Je ne sais pas comment j'ai pu me prendre les pieds dans cette poubelle. La nuit est pourtant claire. J'ai buté dedans, voilà tout. J'avais encore toutes ces choses en tête. Mon père, dans ce bureau, à la faveur de la nuit, l'agression que j'ai subie, et je me disais quelle chance qu'elle soit là, quelle chance j'avais de t'avoir là avec tout ce qui me tombait sur la tête, et tu vois, je ne me suis pas trompé, tu es là, tu soignes mes blessures, tu es là. C'est carrément renversant que tu sois là. Plus j'y pense. Et tu m'apportes une fille par-dessus le marché. Sais-tu que j'en suis encore à me pincer, quelquefois ? La pauvre, elle ne va pas très bien en ce moment, non ? Roberto a fait ce qu'il fallait, mais il l'a fait trop tard, non ? En tout cas, j'essaye de ne pas me faire trop de souci pour elle... mais depuis que je sais qu'elle cherche à recontacter son dentiste, tu sais... eh bien... ma foi... je suis préoccupé... je ne te mens pas. Je lui ai dit calme-toi, ma chérie, calme-toi, ne va pas tomber de Charybde en Scylla, mais tu sais comme elle est, elle ne veut rien d'autre que foncer droit devant elle, au risque de renverser le maximum de choses en passant, tu la connais. Remarque, je l'adore, mais mieux vaut renoncer à la raisonner, quelquefois, à moins d'aimer perdre son temps. Quand j'ai appris qu'elle voulait revoir ce maudit dentiste, j'ai longuement réfléchi à ce je pourrais lui dire et le discours que j'avais mis au point a rétréci mot après mot, jusqu'à ce qu'il n'en reste plus rien. Je ne la connais pas assez bien, j'imagine. Forcément. »

Joffrey décida de bénir le bus avant d'effectuer une nouvelle sortie et Victor approuva sans hésiter. La cérémonie en question, de peu d'importance, provoqua cependant un attroupement dans l'après-midi à un moment où la kermesse battait son plein. Victor était mort de fatigue mais le spectacle le réjouissait. Il avait dit deux mots à Marc à propos de la visite de Joffrey qui allait sans doute attirer du monde, mais Marc était resté sans réaction et à présent, la foule se pressait.

On brancha un micro. Joffrey grimpa sur une petite estrade et il remercia publiquement Victor Sollens pour le don qu'il faisait à sa paroisse et les gens qui se pressaient au premier rang se mirent à applaudir. Joffrey révéla quelques caractéristiques du véhicule et les applaudissements reprirent. Une très bonne ambiance pour le commerce. Victor se tourna vers son fils en souriant mais celui-ci regarda de l'autre côté. Tout bon catholique qui achetait une Toyota irait en enfer. Voilà ce que ça disait grosso modo. Joffrey se rendait-il compte à quel point il était épatant ? Il méritait d'être payé pour une telle prestation, sans l'ombre d'un doute. Tout bon catholique ne pouvait qu'être sensible à ce genre d'arguments.

Joffrey l'appelait, l'invitait à le rejoindre sur l'estrade. Le soleil illuminait le parking, les gens attendaient qu'il se décide, il y avait dans l'air une odeur de gaufre sucrée au lieu de celle des marrons grillés des années précédentes.

Joffrey lui donna l'accolade. Irène et Marc trouvèrent la scène particulièrement écœurante. Lorsque quelques minutes plus tard Victor s'éleva dans les airs et resta suspendu à trois mètres au-dessus du sol, Irène préféra s'enfuir en courant.

Il la retrouva plus tard, sur la terrasse, un verre à la main. Pas contente du tout. Elle aurait aimé que l'on cessât de parler d'eux, de leurs aventures, de leurs excentricités, et voilà qu'il se donnait brutalement en spectacle, devant des familles entières, des enfants, des vieillards, des maris, des femmes enceintes qui allaient raconter partout en ville que Victor Sollens, à la suite de son fils aîné, était bon à enfermer.

Entendant cela, Victor se laissa choir sur un transat dont il saisit les accoudoirs car il se sentait assommé et près de mordre la poussière si son malaise s'accentuait. Il resta durant quelques secondes incapable de dire quel jour on était, où il se trouvait, et comment il s'appelait. À une certaine époque, on aurait embrassé les pieds d'un homme capable de tels prodiges mais plus rien n'était respecté, aujourd'hui, plus rien ne forçait l'admiration.

Elle l'abandonna durant un bon moment alors qu'il demeurait stupéfait, sans plus d'énergie, et respirant péniblement à la suite de l'accueil qu'elle lui avait réservé. Non qu'il se fût attendu à la trouver les bras ouverts, lui réservant quelques mots gentils, et peut-être un demi-sourire. Il n'en demandait pas tant. Il avait couru derrière elle dès qu'il avait recouvré ses esprits – et que trois solides gaillards l'avaient attrapé par le bas de son pantalon pour le ramener sur terre –, il avait immédiatement pensé à elle, souhaitant juste lui expliquer combien il se sentait gêné lui-même. Comme si flotter dans les airs, devant une bonne centaine de personnes, ne le faisait pas rougir jusqu'à la pointe des oreilles. Il ne demandait qu'un peu de compréhension. Il n'y était pour rien. Et pas moyen d'enrayer ça, ce frémissement qui électrisait ses vertèbres durant la minute précédant son envol, ce picotement dans les mains avant de décoller du sol comme une poussière attirée par le soleil.

Au lieu de quoi, elle le laissait seul, lui ayant fait sentir à quel point elle le trouvait méprisable. Non contente de coucher avec un autre homme.

Elle ne réapparut qu'après de longues minutes. Quelques instants de plus, et elle le trouvait sans vie, non ? Il était assez mal en point, assurément. Mais de même que l'on ne devait pas réveiller un somnambule en vadrouille, sans doute ne pouvait-on pas, sans risques, arracher brusquement un homme à sa lévitation – les trois costauds s'étaient pendus à ses jambes comme des chiens à des jambons. Il se sentait tellement abattu, aussi.

« Tu fais peur. C'est certain.

— J'ai les jambes complètement sciées.

— Je veux bien te croire. Je suppose que c'est plus dur que de monter des escaliers. Est-ce que tu comptes en faire une attraction régulière ? »

Dans un souffle, il lui jura de nouveau qu'il ne contrôlait rien et qu'il était le premier à vouloir se débarrasser de ces choses dont il ne tirait aucune, absolument aucune espèce de fierté. Une vraie calamité.

Il venait pour s'excuser. Il avait bondi sur ses pieds dès qu'il l'avait pu afin de venir s'expliquer sur la nature accidentelle et totalement dénuée de signification – et d'intention – de ce qu'elle appelait ses diableries – sur un ton de colère indignée. Ses diableries. Joseph de Cupertino avait sans aucun doute essuyé de tels propos, lui aussi. Des hommes forts reculaient en se signant dès qu'il décollait de sa terrasse et s'élevait dans les airs en prononçant le nom de Jésus-Christ. Certains y voyaient l'œuvre du Démon. Non, rien n'avait été épargné à ce saint homme, et rien ne semblait vouloir l'épargner, lui, Victor Sollens, condamné pour les mêmes causes.

Voulait-elle bien réfléchir une minute ? Quel homme aurait choisi de léviter pour se faire bien voir ? Quel homme n'aurait pas supputé l'extrême ridicule qui consistait à rester suspendu dans les airs comme une lanterne de chiffon ? – et pas en robe de bure mais dans un costume de ville de lin blanc. Pouvait-on choisir plus dément, plus détestable, plus tarte pour attirer l'attention d'une femme qui se défiait de vous par avance ? Pouvait-elle réfléchir une minute ? L'aurait-il donc connue si mal qu'il eût usé de tels tours avec elle et pensé lui en faire accroire ? Il savait qu'il était un imbécile, mais un démon ? En fait, s'il avait pu choisir un pouvoir particulier, s'il avait pu changer le sien contre une chose plus utile, il aurait choisi de se rajeunir de vingt ans.

« Ce n'est pas une question d'âge », murmura-t-elle.

Elle avait un peu bu, si bien qu'elle le fixait intensément. Que devait-elle penser d'un homme tel que lui ? Que méritait un homme qui se réveillait si tard ? Bradge pensait qu'il n'y avait pas lieu de s'inquiéter, mais savait-il au moins de quoi il parlait ? Savait-il à quel genre d'homme on avait affaire ? Un homme qui aurait dû cent fois perdre la vie au volant de ses bolides ou finir pendu ou noyé ou empoisonné et qui était toujours là. Avec une explication pour tout – et une détermination à faire peur.

Par chance, il avait failli la tuer, elle aussi, si bien qu'elle bénéficiait d'une certaine expérience, certes durement acquise, mais qui se révélait bien précieuse aujourd'hui, à l'heure où les assauts de Victor s'intensifiaient et prenaient d'étranges directions.

« Je regrette, dit-il, mais tu ne peux pas m'empêcher de penser que notre histoire n'est pas finie. Je sais. Je ne peux pas t'empêcher de voir un autre homme. Mais je tiendrai bon. J'attendrai. »

Elle le considéra d'un œil raisonnablement froid, puis se versa un doigt de vermouth supplémentaire. « Comment peux-tu penser que notre histoire n'est pas finie ? Comment une telle idée peut-elle germer dans ton cerveau ? Tu ne vois pas cette distance entre nous, désormais ?

— Non, aucunement.

— *Aucunement ?*

— Mes sentiments pour toi sont aussi forts qu'au premier jour. Je n'y peux rien.

— Oh, vraiment ? Comme c'est touchant. Voilà ce que j'aurais aimé t'entendre dire il y a quelques années. Mais tu sais, offre-moi plutôt des fleurs. Les fleurs me font toujours plaisir. Ne te donne pas tout ce mal. Appelle Interflora.

— Aucune des femmes que j'ai connues ne m'a éloigné de toi. Ne l'oublie pas. Je veux que tu y penses.

— Ce ne sont pas les autres femmes qui posent problème. Ce qui pose problème, c'est que tu m'aies abandonnée. Ce ne sont pas tes maîtresses.

— Pas en esprit. Je ne t'ai jamais abandonnée en *esprit*.

— C'est le principal. Je te sais gré de me l'avoir précisé. Eh bien, quel soulagement. »

Il soupira. Il se tourna un instant vers le couchant, l'œil attiré par le miroitement du fleuve, l'embrasement de l'horizon et le chatoiement du ciel qu'il avait négligés jusque-là, tout à son désir de convaincre Irène qu'il n'était pas le monstre qu'elle imaginait et qu'elle pouvait tout à fait envisager de reprendre la vie commune avec lui puisqu'il l'aimait toujours – mais lorsqu'on essayait d'expliquer une chose simple à une femme, il était rare qu'elle comprenne, la preuve.

Il lui demanda si elle n'avait pas faim, qu'il pouvait s'en occuper, mais elle n'avait pas faim. Elle préférait boire un verre tranquillement. Elle n'avait pas froid ? Non, elle n'avait pas froid. Son gilet était en cachemire.

Elle se tenait allongée sur le flanc. Ils restèrent silencieux un moment.

« J'aimerais savoir ce que ça fait. Je me pose la question.

— Oh ! ça n'a rien de sensationnel.

— Est-ce que c'est mou ?

— Pardon ?

— Quel genre de résistance offre l'air ? De quoi a-t-on l'impression ? D'être dans l'eau ? Sur de la ouate ? Sur du blanc d'œuf ? »

Il décida de s'asseoir. Elle semblait d'humeur à écouter ses sornettes. Elle ne se rendait pas compte à quel point tout pouvait devenir facile, songeait-il.

S'il l'avait blessée si cruellement qu'elle le prétendait, il n'était pas étonnant qu'elle lui en voulût aussi fort. Si elle n'exagérait pas, elle avait davantage souffert que ce qu'il avait imaginé. Si bien qu'il comprenait ses réticences. D'accord. Il plaidait coupable. Mais pleurer sur le passé ne servait à rien. Il promettait de consacrer les dernières années de sa vie à son entière dévotion, pour se racheter.

« Plutôt du blanc d'œuf *en neige* », précisa-t-il.

Catherine Da Silva leva un sourcil lorsque Édith lui annonça qu'elle se mariait dans trois jours. Puis elle s'enferma pour le restant de l'après-midi dans son bureau et annula tous ses rendez-vous. Non pas que le mariage de Marc signât en quoi que ce soit l'arrêt de leurs relations – il y a certain mal dont on ne guérit pas –, mais elle ne pouvait faire l'économie d'un vrai pincement au cœur, d'une vraie déception sentimentale.

Il fallait s'y attendre. Marc occupait une place tellement à part, dans sa vie. Baiser était leur grande affaire, mais ils savaient bien, l'un comme l'autre – même s'il s'obstinait à faire l'imbécile –, qu'il n'y avait pas que ça. Ce mariage, au fond, était une vraie tragédie. Elle leur avait déjà offert un frigo. Est-ce qu'ils avaient besoin d'un *mixer* ?

Elle rentra chez elle et retrouva Roberto qui n'était pas très vaillant de son côté. Peut-être les passages déprimants se comptaient-ils en plus grand nombre, au cours d'une existence, que les passages plaisants. Est-ce qu'on avait des chiffres ? Quoi qu'il en soit, ils se sentaient si abattus qu'ils commandèrent des club sandwiches.

Comme il ne touchait pas au sien, elle lui redonna

son sentiment : « Tu ne pouvais rien faire de pire, tu le sais bien. Ne prends pas cet air malade. » Elle se demanda s'il n'allait pas se laisser mourir sur son divan, ou encore dans la baignoire après avoir utilisé tous ses sels. Ce n'était pas impossible. Le bougre semblait anéanti. Elle espérait qu'il n'allait pas l'amener à regretter la magnanimité dont elle faisait preuve à son égard, ni son hospitalité. « On en a parlé, reprit-elle. On en a suffisamment parlé. Écoute, j'aimerais autant que tu manges. Je ne veux plus t'entendre retourner le frigo à trois heures du matin. »

Les meilleurs club sandwiches de toute la ville. Parfois, entre un homme et l'un de ces club sandwiches, elle avait choisi le club – et Dieu sait qu'on avait là une femme intelligente, qui écoutait DeVotchKa et Shannon Wright avant de s'endormir, donc une femme qui avait du goût et ne s'emballait pas facilement, mmm, tant qu'il ne s'agissait pas de Vivienne W., bien entendu.

Elle habitait un superbe appartement en duplex qui donnait sur le parc Léon Tolstoï – l'un des derniers endroits à vous flanquer le bourdon, non ? pas le coin le plus recherché, des fois, lorsqu'on avait les moyens ? – mais rien ne semblait y faire. Il ne remontait pas à la surface. Il restait assis là, avec ses magazines de motos, à gémir, à écouter Shipping News le front collé à la baie ou lancé dans la confection de ses rouleaux de pièces. Elle était bonne fille. Elle demeurait une bonne camarade, malgré tout – tant qu'il ne la mettait pas hors d'elle par quelque action irréfléchie et totalement interdite, comme de toucher Sonia ou d'y seulement penser. Chose qu'il avait reconnue. Et comme il l'avait reconnu et qu'elle était bonne fille, elle devait à présent, et pour un temps qu'ils n'avaient pas très précisément défini, se farcir ce triste compagnon quand elle rentrait, supporter ce parfait zombie.

« Il n'y a pas que toi, tu sais, lui dit-elle. Tu n'es pas le seul. Tu n'es malheureusement pas le seul. En fait, ce mariage me terrifie. »

Lorsque la pénombre commença à envahir la pièce, elle n'avait toujours pas bougé. Essayant de se concentrer sur la possibilité de faire un sort au sandwich de Roberto ou sauter directement par la fenêtre. L'éclairage du parc faisait penser à un coussin de velours émeraude piqué de perles lumineuses. Roberto semblait parti faire un tour, mais il avait comme empoisonné les lieux, comme contaminé l'atmosphère, et le mariage de Marc, à présent, la terrifiait encore davantage.

Le plus incroyable venait du fait qu'Édith était sa meilleure amie – ou plutôt qu'elle avait toujours été sa meilleure amie jusqu'à aujourd'hui – et qu'elle aurait dû être en train de se réjouir au lieu de lui en vouloir à mort. Totalement incompréhensible. L'amitié s'était brusquement écartée et montrait son autre face. Il fallait le voir pour le croire. Détester sa meilleure amie ? Était-ce possible ? Cela se pouvait-il ? Vraiment ? Ou bien ouvrait-on finalement les yeux et sortait-on de ce cauchemar, tout engourdi ?

L'annonce dudit mariage ne laissa personne indifférent, en tout état de cause.

Sonia, étrangement, essuya une larme au bout de fil lorsque Édith lui annonça la nouvelle. « Je sais pas, c'est quand même un peu émouvant, non ? » Elle prenait la mouche assez facilement depuis que Roberto était parti, et son regard s'embuait assez vite. Elle ne mangeait plus guère, aussi. Elle se rongeait beaucoup. Si elle continuait dans cette voie, elle allait finir comme ces filles qui tombaient raides mortes sur les podiums. Ensuite, on l'entendit se moucher durant une bonne minute.

« J'ai demandé à Marga ce qu'elle en pensait, déclara-t-elle...

— Tu n'as pas fait ça, j'espère ?

— Pourquoi pas ? »

Édith poussa un long soupir. Elle se retourna et observa les deux frères, enchaînés l'un à l'autre, qui s'apprêtaient à partir. Ils avaient aimé son osso buco. Elle fit un petit geste, principalement en direction de David, qui hochait la tête et semblait totalement épuisé. « Sonia. C'est une très mauvaise idée. Je t'expliquerai. J'apprécie Marga, tu le sais. Je connais ses qualités. Mais je dois te parler. »

Marc fronça les sourcils et demanda de quoi il s'agissait. Elle secoua la tête pour expliquer que ce n'était rien. « Ton père conduit David chez sa mère, reprit-elle. Ils me font signe qu'ils t'embrassent. Oui, tu as vu ça, ce ciel étoilé ? Ce noir magnifique ? Waoww. Waoww. Ça donne envie d'être astronome, non ? »

Marc leva les yeux en sortant. Quelques comètes traversaient encore le firmament, mais le gros était passé et le ciel brillait plus sagement.

Ils s'installèrent dans la Mercedes en passant par la même porte. Marc avait déposé une requête en vue d'obtenir le double des clés – arguant qu'en cas d'accident, par exemple, l'urgence pouvait commander que... mais rien n'était encore venu de ce côté et le ballet continuel et stupide, qu'il fallait à chaque instant renouveler quand on était enchaîné à un autre, se poursuivait ainsi férocement jusqu'à l'aube.

Ils filèrent le long du fleuve. Au feu, ils échangèrent un regard, puis David déclara qu'il se sentait tellement fatigué qu'il doutait de pouvoir offrir le moindre rapport sexuel à Josianne.

Marc accéléra en ricanant à part lui.

Le ciel était encore clair, mais les premiers flocons de neige commencèrent à tomber.

La photocomposition de cet ouvrage
a été réalisée par
GRAPHIC HAINAUT
59163 Condé-sur-l'Escaut

Cet ouvrage a été imprimé par

FIRMIN DIDOT

GROUPE CPI

Mesnil-sur-l'Estrée

pour le compte des Éditions Julliard
24, avenue Marceau 75008 Paris
en octobre 2007

Dépôt légal : novembre 2007
N° d'édition : 48218/01 – N° d'impression : 87504

Imprimé en France